中华魂

ZHONGHUA HUN

百部爱国故事丛书

横眉冷对千夫指

——中国文化革命主将鲁迅

李　渤　编著

吉林人民出版社

图书在版编目（CIP）数据

横眉冷对千夫指：中国文化革命主将鲁迅 / 李渤编著. -- 长春：吉林人民出版社，2011.3（2021.8 重印）
（中华魂·百部爱国故事丛书）
ISBN 978-7-206-07506-3

Ⅰ.①横… Ⅱ.①李… Ⅲ.①革命故事－中国－当代 Ⅳ.①I247.8

中国版本图书馆 CIP 数据核字 (2011) 第 032569 号

横眉冷对千夫指
——中国文化革命主将鲁迅

HENGMEI LENG DUI QIANFU ZHI
——ZHONGGUO WENHUA GEMING ZHUJIANG LU XUN

编　　著：李　渤
责任编辑：张文君　　　　封面设计：孙浩瀚
制　　作：吉林人民出版社图文设计印务中心
吉林人民出版社出版 发行(长春市人民大街7548号　邮政编码：130022)
印　刷：北京一鑫印务有限责任公司
开　本：787mm×1092mm　　1/16
印　张：8　　　　字　数：64千字
标准书号：ISBN 978-7-206-07506-3
版　次：2011年3月第1版　　印　次：2021年8月第2次印刷
定　价：35.00元

总　序

《中华魂》是一套故事丛书。它汇集了我国自鸦片战争以来一百八十余年间的近百位民族英雄、仁人志士、革命领袖、先进模范人物的生动感人事迹，表现了他们作为中华儿女的伟大的爱国主义精神。

爱国主义是人们对于“生于斯、长于斯、衣食于斯”的祖国的一种神圣感情，是人们对于自己民族的一种强烈的责任感和使命感，是感召和激励整个中华民族的一面永不褪色的旗帜。在一百多年的中国近现代史上，爱国主义一直激励着中华儿女为祖国的独立、统一、进步和繁荣而英勇奋斗。从“苟利国家生死以，岂因祸福避趋之”的林则徐，到“我自横刀向天笑，去留肝胆两昆仑”的谭嗣同；从“铁肩担道义，妙手著文章”的李大钊，到“青春换得江山壮，碧血染将天地红”的赵一曼；从“县委书记的好榜样”的焦裕禄，到“问鼎长天，扬我国威”的邓稼先……都表现出了强烈的爱国主义精神。正是由于热爱祖国的人们前仆后继地奋斗，国家和民族才得以生存，才能够在一次次历史危急关头转危为安，走向兴盛和富强，从而屹立于世界民族之林。爱国主义是鼓舞中华儿女历经忧患、跨越沧桑、百折不挠、自强不息的伟大力量，它贯穿于中华民族的整个历史，并有力地凝聚着五洲四海的中国人。

爱国主义是一个历史的范畴，在社会发展的不同阶段、不同时期有不同的具体内容。革命时期，需要我们为祖国的独立自主出生入死；建设时期，需要我们为祖国的繁荣富强增砖添瓦。在全国各族人民团结一心，开启全面建设社会主义现代化国家新征程的今天，我们要争做一名新时期的爱国者。新时期的爱国者要有强烈的民族自尊心、自豪感。民族自尊心、自豪感是任何时期、任何爱国者都必须具备的情感。民族自尊心能增强我们自立向上的恒心，民族自豪感能树立我们建设祖国的信心。要树立“祖国高于一切”的崇高信念，为了祖国和人民的利益不惜抛却个人的利益，甚至不惜牺牲个人的生命。我们要树立终身学习的理念，拓宽自己的知识面，广泛吸收新知识、新技术，完善自身的知识结构，更新学习知识的方法与理念，从思想上、知识上充分武装自己，为祖国的繁荣昌盛贡献力量。

爱国主义思想的继承和发扬，是关系到民族盛衰、国家兴亡的根本问题。爱国主义思想情操的形成，需要不断地培养。培养爱国主义精神的一个重要途径是向英雄人物和典范事迹学习和致敬。这套丛书的出版，对于青少年向英雄和先进人物学习，特别是对于在中小学生中进行爱国主义教育是不可多得的生动的教材。祝愿此书出版发行成功，为培养时代新人做出贡献。

胡维革

中华魂

百部爱国故事丛书

编 委 会

鲁迅是中国文化革命的主将，他不但是伟大的文学家，而且是伟大的思想家和伟大的革命家。鲁迅的骨头是最硬的，他没有丝毫的奴颜和媚骨，这是殖民地半殖民地人民最可宝贵的性格。

——毛泽东

目　录

“我以我血荐轩辕” / 005

从“医学救国”到“文学救国” / 017

新文化战线的旗手 / 037

“国难声中”反对“做戏” / 047

“度尽劫波兄弟在” / 063

“又为斯民哭健儿” / 075

“死也不离开上海！” / 091

中华魂 百部爱国故事丛书
ZHONGHUA HUN

当我们漫步书林，当我们泛舟史海时，我们便可发现：古往今来堪称伟大的作家、艺术家，几乎无一不是伟大的爱国者。翻开中国五千年文明史的瑰丽篇章，以屈原开其端绪，当无数诗人、辞人、艺术家的作品家喻户晓、

拓展阅读 TUOZHAN YUEDU

鲁迅背景资料

鲁迅（1881—1936）原名周树人，浙江绍兴人，现代伟大的文学家、思想家和革命家。早年曾留学日本。“五四”时期提倡新思想、新文化、新道德，发表了中国现代文学史上第一篇白话小说《狂人日记》，成为新文化运动的主将。1927年后定居上海，领导中国左翼作家联盟，粉碎国民党文化“围剿”。“横眉冷对千夫指，俯首甘为孺子牛”，是鲁迅一生的真实写照。鲁迅先生的著作、译作、书信等是留给后世的珍贵的文学遗产和精神财富。

流芳千古时，他们那高尚的情操、伟大的人格、对祖国的拳拳赤子心、对人民的殷殷报国情，也同时有口皆碑、溢光流彩。在这些伟大作家的行列中，鲁迅是一颗光芒四射的巨星。

鲁迅，原名周树人，1881年9月25日生于浙江绍兴。

鲁迅诞生时，正是中国处于风雨飘摇的苦难岁月之时。这期间，整个世界和中国都处在纷扰、动荡和激变之中。世界上的主要资本主义国家，如英、法、美、日、德、俄等国，在先后完成工业革命的同时，他们的对外扩张和侵略活动也达到了登峰造极、丧心病狂的程度。1840年鸦片战争的炮声，揭开了中国的苦难和屈辱的历程，中国从此开始了向半殖民地半封

建社会的悲惨境地下滑的行程。国内政治腐败，经济凋敝，统治者昏庸无能，人民起义此起彼伏，连绵不断；国外强敌入侵，割地索款，日甚一日……在鲁迅刚刚进入少年时代，迎接他的便是甲午海战的失败，马关条约的签订，台湾、澎湖的被割让，是空前的丧权辱国。

覆巢之下，安有完卵？在这历史波涛的震荡下和

鲁迅像

时代风雨的拍击中，鲁迅的家庭，像沧海中的一叶扁舟，也在解体着，沉浮着。祖父的入狱，家道的中衰，父亲的重病直至去世，使鲁迅从13岁起就饱尝了人生的忧患，亲历了世态的炎凉。残酷的现实生活，使他从小康之家、书香门第的少爷，一下子沦落到了社会的底层。

同任何历史上的伟大人物一样，鲁迅从平凡到伟大，也经历了一个发展过程。那么，在这个漫长的过程中，鲁迅是怎样刻苦学习，努力奋斗，接受各种影响，抵制各种诱惑，遭受挫折与考验，历经各种风浪和打击，从而达到最后的成就的呢？在跌宕变幻的人生道路上，鲁迅是怎样对待国家、民族，人民、世界以至人类的呢？又是如何面对敌人与朋友、革命与反动、前进与落后、生与死这些问题的呢？还有，鲁迅又是怎样从一个潜心医学的少年而成长为“写鬼写妖，高人一等，判贪刺虐，入木三分”的一代文坛巨子和思想大师的呢？

“我以我血荐轩辕”

1901年，清朝钦差大臣李鸿章，用他那蓄着长指甲的枯瘦的手指，在《辛丑条约》上屈辱地签字之后，八国联军撤出了北京，如惊弓之鸟般逃到西安的清朝最高统治者——慈禧太后，又回到了北京。这位老太婆在庆幸得了一个苟且偷安的局面之余，仍不免心有余悸，她不得不考虑一个严峻的问题，那就是：采取什么办法来维持这江河日下、摇摇欲坠的爱新觉罗氏王朝？似乎是历史有意开玩笑，当以这位老太婆为首的顽固派用刀剑把维新派放倒在血泊之中后，他们却猛然发现，抛开别的方面不谈，维新派的那一套改革维新、变法图强的治政方案，至少对他们保住自己的帝王宝座还是有极大的借鉴价值的。于是，他们又将

鲁迅纪念馆

这套方案从血泊中捡起，并将废科举，办学堂，向外国派留学生等内容，一齐翻了出来，开始派大批青年和官员到国外去留学。

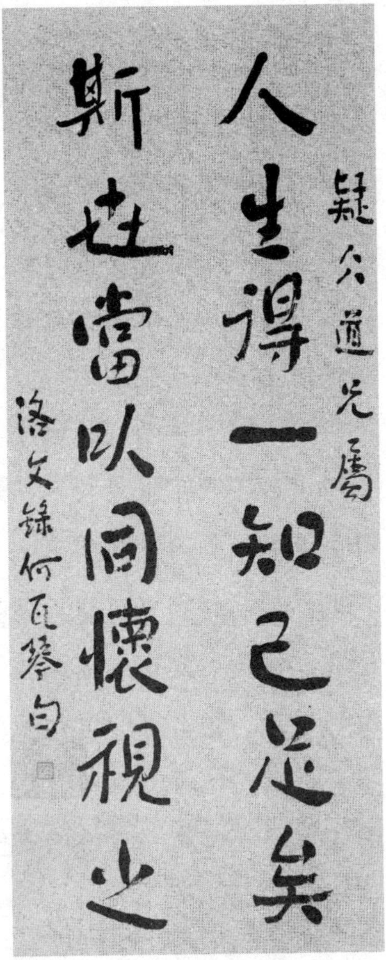

鲁迅《赠瞿秋白先生联》

当时的日本，从一个弹丸之地的岛国而遽然崛起，雄踞东亚。清朝统治者在惊呼这个昔日的小小邻邦船坚炮利之余，却对它的急剧强大的原因产生了兴趣，于是，大量向日本派遣留学生。从1902年到1906年的5年间，留日学生多达1万多人，以致当时的日本成为世界上最大的中国留学生之乡。

东海万顷，浩瀚无际，水天一色，鸥鸟飞翔。1902年3月，青年鲁迅，在留学风潮的影响下，怀着造就真实本领，回来救治贫穷愚弱的祖国的愿望，踏上了赴日求学的征程。

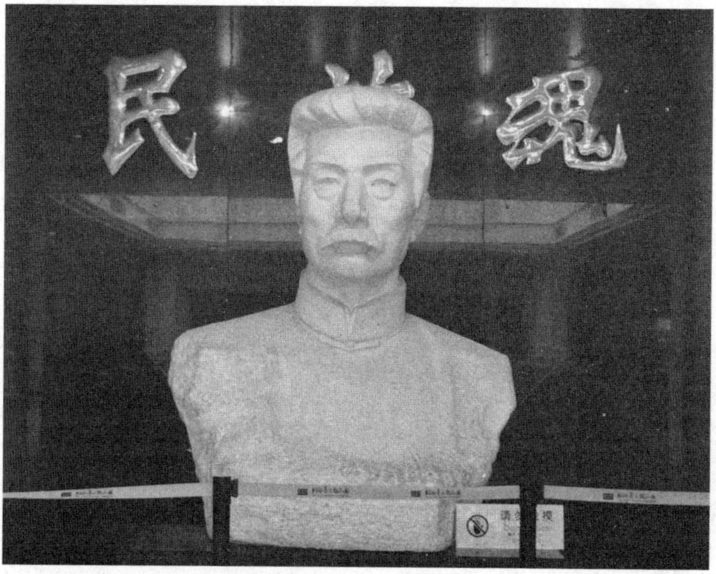

当时，去日本留学的人，不仅成分复杂，心态各异，而且动机和目的也千差万别。他们当中，有为了赶时髦，镀镀金后回国光宗耀祖的官僚子弟，有借机游山玩水，观赏异国风光的绅商阔少，也有为寻求救国治民的真正学问的莘莘学子，还有许多为从事反清运动而流亡到日本的革命党人。

当时，流亡日本的、以孙中山为代表的一批资产阶级民主革命者，在留日学生中积极宣传反清的革命主张。鲁迅在新思潮的影响下，很快就和浙江的革命党人秋瑾等人联系上了。一有空余时间，他就参加集会，听讲演，十分活跃。当时在东京的革命党人，为了表示反清革命的决心，纷纷剪掉了清王朝在改朝换代时用残酷的屠杀手段强迫汉族人民留在头上的长辫子。在他们的影响下，1903年2月，鲁迅也毅然剪去了长辫，他是东京弘文学院江南班中第一个剪辫子的中国留学生。

那时候，剪辫子并不是一件简单的事情，因为在清王朝看来，这是大逆不道，弄不好有杀头的危险。所以，当时一般的留学生怕回国时剪掉了头发留不起来，仍留着长辫；至于那些出来镀金，一心想回国后做朝廷命官的人就更不用说了。他们只是把辫子盘在头上，用学生帽盖住。有些人，特别是那些以读书为名，而在实际上想附庸风雅、混一个文凭的所谓“速成班”的先生们，他们不但不剪，而且也不认真地盘，

鲁迅纪念馆庭院内，安放了一只鲁迅先生家乡绍兴的“乌篷船”。

却像道士一样在头上梳一个发髻，并从头顶上突出来，弄出一副古里古怪的模样。对于这些大清国的遗少和忠诚子民，鲁迅自然十分厌恶和反感。后来，他在《藤野先生》这篇回忆散文里，对那帮人的丑态作了细致入微的刻画：

“上野的樱花烂漫的时节，望去却也像绯红的轻云，但花下也缺不了成群结队的“清国留学生”的速成班，头上盘着大辫子，顶得学生制帽的顶上高高耸起，形成一座富士山。也有解散辫子，盘得平的，除下帽来，油光可鉴，宛如小姑娘的发髻一般，还要将脖子扭几扭，实在标致极了。”

鲁迅剪掉辫子之后，郑重其事地去照了一张相，

鲁迅纪念馆内鲁迅铜像

大陆新村鲁迅故居

面对照片上焕然一新的半身像，决心以身报国的爱国主义感情激烈地冲击着他的胸怀，他禁不住提起笔来，在这张“断发照”的背面抄下了一首明志诗，然后把它送给了自己的同学许寿裳。这是一首七言诗：

灵台无计逃神矢，
风雨如磐暗故园。
寄意寒星荃不察，
我以我血荐轩辕。

许寿裳做了解释：“首句说留学外邦所受刺激之深，次写遥望祖国（故园）风雨飘摇之状，三述寄意自己没有完全觉醒的同胞不胜寂寞悲怆之感，最后一

鲁迅童年时代的故事

童年时代，鲁迅常跟母亲住到绍兴乡下安桥头外婆家里，后来又到皇甫庄大舅父家里寄居。安桥头、黄甫庄都在绍兴昌安门外水乡，宽狭纵横的河流静静地流过村边。鲁迅喜欢到乡下去，他把那里看作是自由的天地，崭新的世界。因为在这里不仅可以免读深奥难懂的《四书》《五经》，还可以同农民的孩子自由自在地生活在一起，到密如蛛网的河上去划船、捉鱼、钓虾，去欣赏带着点点渔火的水上夜景，或者到岸上去放鹅、牧牛、摘罗汉豆，呼吸清新的空气……

每逢村子里演社戏的时候，鲁迅就和小伙伴们一起摇船儿来到半个在岸上、半个在湖里的戏台前面，看武功演员翻筋斗。有时，他还

拓展阅读 TUOZHAN YUEDU

和农民的孩子一起学演戏、扮小鬼。他们在脸上涂上几笔彩画，手握一杆杆钢叉跃上台去，愉快地玩耍着。

农村，对少年时代的鲁迅是很有吸引力的。在这片自由的天地里，鲁迅不仅学到了许多社会知识和生产知识，还和农民家的小朋友建立了深厚的友谊，逐渐了解了农民勤劳、质朴的性格，同时也看到了旧社会阶级压迫、阶级剥削的血淋淋的事实。鲁迅和农民的孩子常念诵的一首渔歌中，就有这样的悲惨的句子："一日七升，一日八升，两日勿落（两天不下河打鱼），饿得发白；一日七升，一日八升，两日勿落，要哭出声。"这些对鲁迅的思想发展产生了深刻的影响，使鲁迅知道农民"是毕生受着压迫的，很多苦痛，和花鸟并不一样"。

句，直抒救国胸怀，是一句毕生实践的格言。”这首深沉激越、华美流畅的诗篇，写出了鲁迅的真情挚意，表达了一个青年爱国者无怨无悔、坚毅虔诚的爱国心声和救国誓言。

鲁迅写这首诗，正是中国留学生发起的拒俄运动处在高潮的时候。原来，沙俄在参加八国联军攻打北京等地的同时，还乘机出兵中国东北。《辛丑条约》签订后，沙俄不仅迟迟不退兵，而且据1903年4月28日东京《朝日新闻》报道说，沙俄向清政府提出了七条密约，公然要将东三省划归俄罗斯版图。消息传开后，引起了在日本的中国留学生的极大愤慨。在一片倡议抵抗、积极主战的奔走呼喊声中，鲁迅为了向群众宣传尚武精神，驱除只说空话的习气，特地译述了一篇

这里曾是周家的菜地，平时种菜，秋后晒谷，而到了冬天，这里成了童年鲁迅堆雪人、捕鸟的好地方。

希腊人英勇抗击波斯军队入侵的历史小说《斯巴达之魂》。

这篇小说描写了斯巴达国王黎河尼佗率领300名将士和7 000同盟军，与波斯帝国的几万名侵略军决战于温泉关的壮烈景象。斯巴达将士在敌我双方众寡悬殊的形势下，“临敌而笑”，英勇无畏，表现了“不胜则死”的英雄气概。战场上，杀气腾腾，日光暗淡，“呐喊格击、鲜血倒流，如鸣潮飞沫，奔腾喷薄于荒矶。刹那间，而敌军无数死于刃，无数落于海，无数被踩死于后卫。”波斯军尸横遍野，斯巴达将士拥盾屹立如山。最后，斯巴达官兵终因寡不敌众，刀断矢尽，国王战死，全军阵亡。鲁迅充满激情地赞颂说：“巍巍乎温泉门之峡，地球不灭，则终存些斯巴达武士之魂。”

这篇情感炽烈、气势磅礴、扣人心弦的爱国故事，使留学生为之轰动，引起了强烈的共鸣，其中有些警句在他们中间广为传颂。

继《斯巴达之魂》之后，鲁迅又连续撰写了《说钼》、《中国地质略论》等科学论文。在《说钼》中，他怀着对居里夫人这位法国杰出的女科学家的崇高敬

意，不仅及时地介绍了她发现镭这一新化学元素的最新科学成果，而且热情地称颂了她为祖国的科学事业呕心沥血的奉献精神。《中国地质略论》通过介绍我国地质分布、地形发育以及矿产资源等内容，热情

地歌颂了我们伟大的祖国“而实世界之天府，文明之鼻祖也”，进而义正词严地声明：“中国者，中国人之中国。可容外族之研究，不容外族之探险；可容外族之赞叹，不容外族之觊觎者也。”在这里，鲁迅以他的凛然正气严正地警告了对中国垂涎欲滴、不怀好意的帝国主义列强。

除了上述作品外，从1903年6月到12月的短短半年时间内，鲁迅还翻译了法国著名的科学幻想小说家凡尔纳的科幻小说《月界旅行》和《地底旅行》。此外，还有《世界史》《北极探险记》以及《物理新诠》中的《世界进化论》和《原素周期则》二章。他之所以热情介绍科学幻想小说，也是从爱国思想出发的。

他说，“惟假小说之能力，被优孟之衣冠”，“获一斑之智识，破遗传之迷信，改良思想，补助文明”，他认为：“导中国人群以进化，必自科学小说始。”他是要把科学当作一盏引导思想进步的明灯高高举起。

鲁迅完成这一切工作，都是利用课余时间而进行的。为了赶进度和不影响功课，他常常日夜努力，奋笔疾书。对于这种爱国热情和勤奋精神，同学们大为感动，赞叹说：“斯诚越人也，有卧薪尝胆之遗风。”

鲁迅所做的这一切工作，正是对他的“我以我血荐轩辕”诗句的最好诠释。在东京弘文学院的这段留学时光里，鲁迅以他那诚挚真切的为国献身精神和初露锋芒的思想与才华，迈出了作为一个伟大爱国主义者光辉的第一步。

从“医学救国”到“文学救国”

1904年4月，鲁迅在弘文学院毕业了。

在弘文学院的课堂上，他学习了日语、数学、物理、化学、生理等自然科学知识。有了这些功底，就意味着已具备了进入日本大学学习的基础。

当时，进军事学校和学理工科，不仅是众人梦寐以求的热门专业，而且学成后自然有许多升官发财和

扬名立万的机会。然而，鲁迅却不为所动，而是报考了仙台医学专门学校，去学医了。

鲁迅决定学医，也是出于他立志救国救民的爱国主义思想的鞭策和选择。

当时的中国人民，像自己的祖国一样贫穷孱弱，被帝国主义各国侮蔑地称为“东亚病夫”。而对祖国医学的落后，少年时代的鲁迅早就有了深切的感受。许多挂着招牌的“名医”，只会用打破的旧鼓皮做成的“败鼓皮丸”与“原配的蟋蟀”做药引去骗取钱财；甚至无数不幸的愚昧国民在生了病以后，不是去寻医问药，而是迷信于巫婆的装神弄鬼，热衷于神汉的烧纸画符，结果死于非命。鲁迅感到，亟待复兴的祖国是多么需要科学的医学啊！他还知道，日本的富强是明治维新的结果，而明治维新又是发端于医学的进步。基于上述两个原因，鲁迅后来回忆说：

待到在东京的预备学校毕业，我已经决意

要学医了，原因之一是因为我确知道了新的医学对于日本的维新有很大的助力。

我的梦很美满，预备卒业回来，救治像我父亲似的被误的病人的疾苦，战争时候便去当军医，一面又促进了国人对于维新的信仰。

正是为了祖国能有大批真才实学的治病救人的医生，为了启发中国人民对于维新的信仰，为了寻找改革祖国社会的途径，鲁迅走上了学医的道路。

在仙台医专，鲁迅学习非常刻苦用功，并与严格、

鲁迅博物馆

质朴、正直的解剖学教授藤野先生建立了深厚的友谊。第一学期考试结束时，鲁迅获得了中等成绩，平均分数及格了，虽然说不上优秀，但这在异国求学的青年中已经是很难得的了。但是，出人意料的是，就这么一点小事，竟然也引起了一部分歧视中国的日本学生的怀疑和猜忌，于是，一种无端的侮辱降临到了鲁迅的头上。在《藤野先生》这篇回忆散文中，鲁迅记载了这件事：

有一天，本级的学生会干事到我寓里来了，要借我的讲义看。我拣出来交给他们，却只翻检了一遍，并没有带走。但他们一走，邮差就送到一封很厚的信，拆开看时，第一句是：

“你改悔罢！”

……

其次的话，大略是说上年解剖学试验的题目，在藤野先生讲义上做了记号，我预先知道的，所以能有这样的成绩。末尾是匿名。

鲁迅作为一个留学生仅仅获得一个中等成绩，就被日本学生认为不可思议，竟怀疑藤野先生给他漏了

他的拿烟习惯奠定了香港电影中大佬的拿烟姿势

鲁迅的烟瘾之大天下尽知，以至人们记忆中他的照片，常常是拿着一支烟卷，烟卷和他的胡子一样，是人们心目中的经典形象。一次从东京回仙台，买完火车票后，鲁迅把剩下的钱统统买了烟，以至半路口渴却没钱买水。

以后鲁迅烟瘾日大，被称为连珠炮式的抽烟法，就是一支未灭接上一支而不需要点火柴。

在鲁迅的文字里，经常可以看到关于烟的内容。无论是《藤野先生》还是《在酒楼上》，烟都会适时地出现。吸烟成为鲁迅生活中必不可少的一个部分，后来表现鲁迅的影视作品，演员都不得不一根接一根地点烟。现在提倡健康生活，鲁迅的烟瘾自然不合潮流，不过他从来不是一个合乎潮流的人。

有人说，鲁迅点烟的同时也点燃了战斗的激情，犀利锋锐的文字就此流淌了出来。这有

拓展阅读
TUOZHAN YUEDU

点类似有些瘾君子的说辞：吸烟是为了思考。鲁迅并不为自己的嗜好找什么借口，实际不管写作、休息还是待客，鲁迅的烟都一直在燃烧。不吸烟的人去鲁迅那里，走后身上都有一股烟味，这被称为见过鲁迅的证据。

鲁迅的习惯是从来不把烟盒先拿出来，只是从烟盒中抽出一支，他总是从灰布棉衫里去摸出一支来吸，并且吸烟不讲究档次高低，经常吸的是低价烟，因为“虽然吸得多，却是并不吞到肚子里。”似乎既然不是吃的，就不必在

乎好坏。以至郁达夫曾经猜测，鲁迅是不想让别人看见他抽的是什么牌子的烟。鲁迅拿烟有时还有一个特别的姿势，就是不用食指和中指，而是用大拇指和另外四个手指拿烟。后来香港电影里大佬们拿烟的姿势，也许就是源于鲁迅。

无法知道烟究竟是否给了鲁迅写作灵感，然而这位斗士的肺病，只怕和烟是脱不了干系的。如今大家抽的烟是越来越好，过滤嘴、低焦油、高价钱，而那样的文字却不能再看到了。

题目，因而受到日本学生的侮辱，这使鲁迅感到一种难以忍受的痛楚，强烈地刺激了他的民族自尊心。对此，他在愤慨之余，带着揶揄讽刺的口吻说：“中国是弱国，所以中国人当然是低能儿，分数在六十分以上，便不是自己的能力了。也无怪他们疑惑。”

一个具有强烈爱国情感的青年，又是一个受人欺凌的弱国的青年，在异国求学，受到那样的侮辱，心

魯迅先生の像

情的痛苦是可想而知的。

但是，到仙台的第二年，鲁迅的民族自尊心又一次受到了更加强烈的刺激。

那是1905年的秋天，学校里增添了细菌学课程。教师授课时，细菌的形状全是用幻灯片来显示的，每讲完一段课程，还没有下课的时候，教师总爱给学生放映一些风景片或时事片。当时日俄战争刚刚结束不久，放映的大多是日本战胜俄国的镜头，每当画面上出现日本胜利的情形时，教室里就爆发出一阵“万岁”的欢呼声。

有一回，鲁迅在那反映日俄战争的画面上，竟看到了自己久违的同胞。一个中国人夹在日本军人中间，被五花大绑地押赴刑场，要被日军砍头了。据说他是

在日俄战争中因替俄军当侦探而被日军抓住了，所以应该受到这样的惩罚。一群中国人围着观看，每个人的脸上，木然毫无表情，仿佛所发生的事情与自己毫不相干似的。

“万岁！万岁！”教室里的日本学生又拍手狂呼起来，声振屋瓦。尽管这种欢呼声是每看一片都有的，但这一次它却特别刺痛了鲁迅的心。

帝国主义列强在中国土地上打仗，中国人却夹在里面受死，而围观、鉴赏、喝彩那杀头惨状的却也是中国人！这是多么麻木的国民，多么麻木的精神啊！哀莫大于心死。顿时，愤怒、悲痛，多年来自己的民族自尊心所受的伤害，一齐在鲁迅的心中燃烧起来。鲁迅的心在狂跳，要跳出胸膛，要跳出喉咙似的。羞辱、痛苦、哀怜、愤怒……各种感觉，像打翻了五味瓶似的，一齐涌上心头！他走出教室，回到住处，心里再也无法平静……

他走进山林，看着这异国的青山，眺望日本的河川，想起祖国的名山大川，却正蒙着耻辱的浓雾；抬头望着日本湛蓝明净的天空，他想到中国的天际却是乌云翻滚，狼烟飘飞。风吹过树林，像在叹息；山泉在水草上流淌，声似呜咽。他坐在树下，凝神沉思。他思索着，怎样才能拯救自己的祖国？国人如此愚昧、落后、麻木，病根何在？应该怎么来救治？用维新运动来改良，走日本人的路吗？清政府不是已经做过吗，可结果又如何呢？靠医学能医治国民的愚昧吗？那幻灯上显示的跪着的、围观的中国人，不是都很健壮，并不怎么瘦弱吗？

鲁迅在仙台时与同宿舍的人合影

怎样才是理想的人性？

鲁迅纪念馆——鲁迅和藤野先生

中国国民性中最缺乏的素质是什么？它的病根何在？这是在弘文学院时鲁迅与同学许寿裳早就经常探讨的三个相关联的问题。那时鲁迅志愿学医，就包含着要从科学入手，达到解决这三个问题的意思。然而，到仙台不久，他的这个信念即开始动摇了，因为日俄战争深入进行后，中国国内暴露出的种种问题，包括清政府日益严重的卖国行径和嘴脸，国民精神的麻木等，不断冲击着他的心灵。1905年春天，鲁迅和许寿裳等人同游箱根温泉时，他们登山远眺，不免想起疮痍满目的故国，一时感慨万千，心潮起伏。鲁迅说，当此乱世，学医无疑像隔靴搔痒，解决不了眼下的艰难和危急局面。后来他虽然还是回到仙台学医，但弃医的念头已经开始萌发了。

现在，他的“医学救国”的愿望完全破灭了。他清醒地认识到：一个人无论体格如何强健，如果精神麻木，没有灵魂，也只能做毫无意义的示众材料和围观的看客；再高明的医师也只能医治同胞的肉体，而无法医治国民不健全的灵魂；振奋和改变中国国民的精神，让沉睡的祖国惊醒起来，才是当务之急。改变人们精神的最有效的手段是什么呢？鲁迅联想到他自己在读了大量的西方诗歌、小说和哲学著作后，为之倾倒，深受感动，精神振作，奋然欲行，这就是文艺的力量使然，于是他决定弃医从文。他在《呐喊·自

仙台医学专门学校正门

序》中明确地表达了自己的心路历程和思想轨迹：

医学并非一件紧要事，凡是愚弱的国民，即使体格如何健全，如何茁壮，也只能做毫无意义的示众材料和看客，病死多少是不必以为不幸的。所以我们的第一要著，是在改变他们的精神，而善于改变精神的是，我那时以为当然要推文艺，于是提倡文艺运动了。

这样一来，鲁迅便从“科学救国”转到了“文学救国”。

1906年6月，第二学年已经结束，鲁迅也与医

拓展阅读 TUOZHAN YUEDU

不一样的大家

那时，他的文章里不光有刀枪，还有零食。

那时，他的拿烟姿势被后来的香港电影大佬争相模仿。

关于鲁迅，除了伟大的思想家、文学家、革命家这个定义之外，也许还可以从另一种角度去看看。不光是鲁迅，几乎所有的大家，都值得我们从另一种角度、不同的侧面去认识。

他天生爱捣乱、酷爱恶作剧。

血液里是挑衅的基因，迷恋一切赤膊上阵的格斗。

他喜欢吃零食、不想做大师。

骨子里是天生的桀骜，不顺眼就一律踏翻。

在鲁迅身后至今的近70年间，来自各个角落的对这个名字的喧哗从来没有停止过。而与他同时代的那些风云人物，却也最多不过在人们记忆的某个片段偶尔闪过。单单这一点就令人惊讶不已——这一定是一个奇异的灵魂。

拓展阅读 TUOZHAN YUEDU

他的弹弓有时瞄向随地小便者

今天的厦门大学应该是国内最气派漂亮的高校之一，除了众多拔地而起的新楼和绿化良好的校园，厦门大学大约还是国内唯一跨海的高校。鲁迅曾在厦门大学任教，一直是这所学校引以为荣的历史。但是，鲁迅当年在这里的经历却有点滑稽。

当时的厦门大学远没有现在这么阔气，学校地处荒僻、设施缺乏，连给教员住的宿舍也捉襟见肘。鲁迅刚到学校就住进了生物楼三楼，几天后校方催促他搬家给陈列品腾地方，但又不指定搬到哪里，使初到厦门没几天的鲁迅就给厦门大学盖棺定论了："这学校……办事散漫之至，我看是办不好的。"

后来好不容易在图书馆楼上给了鲁迅一间空屋子，而对鲁迅提出要一些家具的请求，主管人员不知何故推三阻四，弄得鲁迅终于发火才算解决。然而，到厦门以来的大小波折已经足以让鲁迅打退堂鼓了:“我本想做点事，现在看来，恐怕不行的，能否到一年，也很难说。”

大概学校的管理确实有些混乱，住在宿舍的教员连方便都要到160步外才有厕所。鲁迅的对策是，天黑之后，小便就在宿舍楼下的草地上就地解决。其实异乎寻常敏感的鲁迅在小节上不是一个随便的人，这种类似顽童恶作剧的行径发生在他身上，因此越发显得奇特。

不知道鲁迅在如此方便的时候，脑海里是否想起了孙悟空在佛祖掌心的杰作，这多少是有一点挑衅意味的行动，他就这样和厦门大学开战了。忍让、沉默向来不是鲁迅的特色，只不过这一次，他不是用他那如匕首投枪的笔，来和这个地方、也和自己开了个玩笑。

类似的事情还发生在北京绍兴会馆，不过这次鲁迅扮演的是维护公德的角色。一次有朋友去拜访鲁迅，正好有人在墙边随地小便，朋友看见鲁迅用弹弓聚精会神地在射此人的生殖器官。

很难想象一代大师竟会如此拿人开涮，然

拓展阅读 TUOZHAN YUEDU

而鲁迅复杂的个性中始终不乏这类风格。他杂文中频频出现的调侃，在北大任教时给同事起的外号，都在丰富着他沉重之外的另一个侧面。顾颉刚是鲁迅众多对头之一，他的一个面部特点是长了个酒糟鼻子。鲁迅在给朋友的信上就戏称顾为“鼻公”，有时干脆在毛笔信中用朱笔一点以代表顾颉刚。

这也是鲁迅。

厦门大学鲁迅纪念馆是目前国内唯一设在高校的鲁迅纪念馆。厦门大学鲁迅纪念馆的独特之处，在于他是存在于学生当中的纪念馆。

学正式分手了。他来到藤野先生家辞行，告诉他，放弃学医，并且离开仙台。藤野先生一向认为鲁迅的成绩相当不错，学医是有很大前途的，再想到师生之间那份真诚密切的友情，因而非常伤感和惋惜。他想说什么，却又说不出，只是拿了一张自己的照片，赠给鲁迅，并用工整的笔法在照片背面写了两个字：惜别。

鲁迅回到中国后，从此开始了新的人生旅程。他用一支锋利的笔，坚韧地解剖着愚弱的国民的灵魂，

仙台东北大学内的鲁迅雕像

绍兴市鲁迅中学中的鲁迅雕像

猛烈地毫不妥协地与封建主义、帝国主义进行战斗，终于以他那辉煌的功绩，成为我国“五四”以来无产阶级文化战线上的一面光辉的旗帜。

绍兴女儿红酒是一种具甜、酸、苦、辛、鲜、涩六味于一体的丰满酒体，加上有高出其他酒的营养价值，因而形成了澄、香、醇、柔、绵、爽兼备的综合风格，深受人们喜爱。

新文化战线的旗手

1912年4月，北洋军阀头子袁世凯当上了中华民国的临时大总统后，公开解散国会、破坏约法、复辟帝制，轰轰烈烈的辛亥革命失败了。

作为封建顽固势力总代表的袁世凯，为了能达到登上帝王宝座，开历史倒车的目的，除了在战场上用枪炮疯狂屠杀革命人民外，在思想文化战线上也发起了猖狂的进攻。他重新拾起了早已被人民群众在辛亥革命中打倒的，作为封建制度象征的孔子的长生牌位，到处修庙立塑像，将“孔教”定为“国教”，甚至规定从小学起的各学校必须“尊孔读经”。一时间，在辛亥革命中吹进中国的民主自由和科学文明的新风，又被袁世凯一伙掀起的反动愚昧的愚民政策的妖风所压倒了。

1915年9月，陈独秀在上海创办了《青年杂志》。

第二年迁到北京出版，并改名为《新青年》。这份杂志，公开而鲜明地竖起了思想文化领域的两面大旗——民主和科学，向袁世凯宣扬的封建主义文化发起了挑战，向封建社会和封建主义举起了讨伐的刀枪。中国历史又到了大转变前夕的临界点上。

在这样的历史临界点上，总是要应运而生地涌现出一批风云人物，去扮演时代的主角，推动社会的前进。这些人物在时代的召唤和人民的催促下慨然登场，他们身上披着时代的新装，头脑中充满新纪元的思想，在时代与社会的大舞台上阔步前进了。鲁迅，作为他们中的一员，也悄悄地、稳健地从舞台的大幕后跨到了前台。

鲁迅在日本留学时，形成了一个很深刻的思想，

鲁迅祖居

青岛鲁迅公园——鲁迅公园大门为玻璃瓦顶的石牌坊，气势轩昂。前眉刻有鲁迅公园四个金字，是鲁迅先生手迹。

即先“立人”而后才能“立国”。他认为，要造就一个繁荣昌盛的新中国，首先要造就健全向上的一代新国民，要使千千万万的普通的人民群众自觉地投身到革命的大业中去。

他虽然不是出身劳动人民家庭，但由于各种各样的原因使他和人民群众发生了血肉般的联系。淳朴憨厚的长妈妈对他的关心和疼爱（《阿长与山海经》），活泼老实的少年闰土同他亲密无间的手足之情（《故乡》），以及六一公公和蔼慈祥的面影（《社戏》）和双喜、桂生、阿发等平桥村孩子的好客和热情，鲁迅一生都没有忘记。

然而，当鲁迅在关注他们的命运的过程中，他痛心地发现，这些朴实、勤劳、热情的人，却永远也摆脱不了愚昧、落后、狭隘、自私、麻木不仁等病态的精神和心理面貌。那么，这一切又是什么原因造成的呢？鲁迅在痛心疾首之余，敏锐地发现，罪魁祸首就是中国几千年的封建专制制度和孔孟之道的禁锢。于是，他下定决心，要用犀利的文笔和形象生动、明白易懂的白话文，去解剖和批判那残酷的封建制度和“吃人”的礼教，去砸碎千百年来套在广大人民身上的精神镣铐。

1918年5月15日，鲁迅的短篇小说《狂人日记》

鲁迅生平事迹陈列厅

鲁迅走上讲台

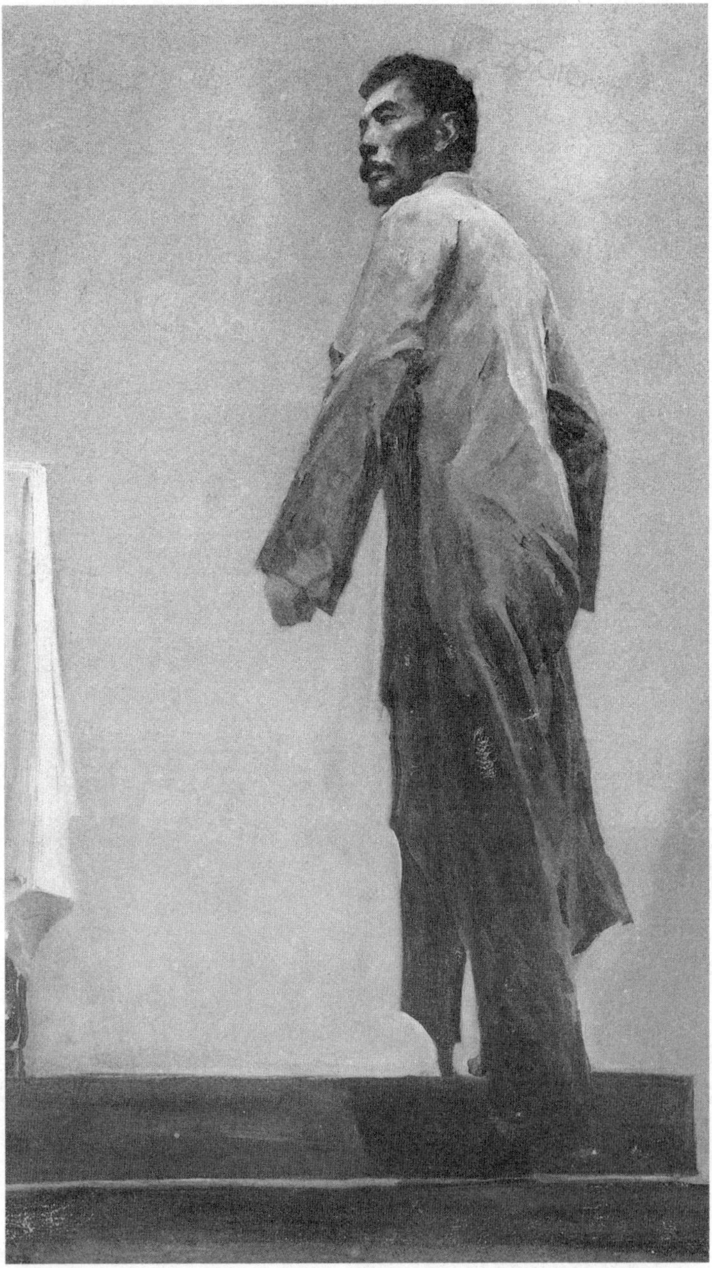

发表了。

它发出了“礼教吃人”的呼号与控诉！

它发出了“救救孩子”的呼吁和希求！

这是新文化运动中彻底地反封建的最强音！

这是中国新文化运动中第一篇划时代的白话小说！

这是中国新文学的第一块奠基石！

在这篇小说里，鲁迅塑造了一个被家庭、社会、封建道德等逼得发了狂的“狂人”形象，并通过“狂人”之口揭开了封建社会血淋淋的“吃人”黑幕。

“我翻开历史一查，这历史没有年代，歪歪斜斜的每页上都写着‘仁义道德’几个字。我横竖睡不着，仔细看了半夜，才从字缝里看出字来，满本都写着两个字是‘吃人’！”

鲁迅说，他写《狂人日记》，意在暴露家族制度与礼教的弊害，因为封建家庭是封建社会的细胞，孔孟之道、封建礼教，都是以家庭为最基本的单位来贯彻、渗透、实行的。在封建社会，皇帝是全体臣民的“家长”，全体百姓都是他的子民；家长则是家庭的“皇帝”，全体家庭成员都是他的臣民。忠孝节义、孝悌廉耻，是最高的封建伦理标准，三纲五常是捆绑每一个人的精神绳索。在家庭里，家长的意志君临一切，他们手中的权力杖和“法律”就是封建礼教。仅包办婚姻这一项，就在肉体上残害了、在精神上虐杀了多少青年男女。人的基本权利，人性的合理要求，都被当作祸祟之源的“人欲”，而受到禁锢、压制、摧残。千百年来，封建家庭成了一个囚笼，一个屠场。这一切，鲁迅都形象地写实地表现出来了。《狂

绍兴百草园是浙江绍兴新台门周家的一个菜园子，百草园在浙江绍兴的鲁迅故居后面。

人日记》中关于“妹子被吃”的那段描写，便是一个例子。

“妹子是被大哥吃了”，“母亲想也知道，不过哭的时候，却并没有说明，大约也以为应当的了”。大哥、母亲怎么会“吃”了妹妹、女儿呢？当然，他们并不像野兽那样真正吃人，而是因为他们逼迫女孩子遵守那些“三从四德”之类的封建条规。结果，无数的女孩子或者苦守一生，或者殉夫自尽，当了节女、烈女，或者逆来顺受，牺牲了自己的青春和幸福。制造这种人间惨祸的，便是他们的父母兄长。可悲的是，许多父母兄长，在这样做时，并不认为他们“吃掉”了自己的亲人，反以为这是“爱”。

《狂人日记》发表后，立即引起了强烈的社会反

鲁迅故居

响。新文化运动中的活跃人物吴虞说：“我觉得他这日记把吃人的内容和仁义道德的表面，看得清清楚楚。那些戴着礼教假面具吃人的滑头伎俩，都被他把黑幕揭破了。”正在上海商务印书馆编辑《小说月报》的茅盾赞扬《狂人日记》是“前无古人的文艺作品”。他说，读了这篇小说之后，“只觉得受着一种痛快的刺激，犹如久处黑暗的人们骤然看见了绚艳的阳光”。

在《狂人日记》之后，鲁迅又接连写出了《孔乙己》《药》《祝福》《长明灯》《示众》《阿Q正传》等短篇小说以及大量的白话诗、随感录等作品，他以“揭出病苦，以引起疗救的注意”的写作目的，以“哀其不幸，怒其不争”的态度，以冷峻而悲愤，犀利而沉痛的笔触，揭示了普遍存在于我们民族性格和民族精神中的种种痈疽，从而使读者心魂震慑，警醒起来，感奋起来，以思进取，以图改革。从此“鲁迅”的名字，就像一颗灿烂的明星，升起在中国的上空；鲁迅本人以他那“一发而不可收”的江河奔涌般的热情和行云流水、高山大河般的气势，在新文化战线上呼风唤雨，纵横驰骋，从而成为新文化运动的一面光辉旗帜和新文化战线上的伟大旗手。

“国难声中”反对“做戏”

1931年9月18日，日本帝国主义突然袭击沈阳，迈出了公开对中国进行野蛮侵略的第一步，妄图进一步实现侵占整个中国，与德、意法西斯共同奴役整个世界的梦想。但是，蒋介石政府为了保存实力继续“剿共”，悍然推行不抵抗政策，致使日军毫不费力地迅速占据了我国东北三省，广大东北人民沦为亡国奴的悲惨境地。

“九一八”的炮火，震动了中国大地，激起了中国人民的愤怒。在这国家、民族生死存亡的关头，全国各阶层人士，各种政治力量都要表明自己的态度，作出自己的抉择。鲁迅，这位从青年时代就立志“血荐轩辕”的伟大爱国者，没有丝毫奴颜媚骨的中华儿女，此时面对灭绝人性的侵略者，怎么能沉默，怎么能够控制得住火山一般的愤怒呢？

就在这个时候，中国共产党领导的中国左翼作家联盟立即行动起来，以《文艺新闻》周刊的名义，向上海文化界一些著名人士征询对“九一八”事变的看法。鲁迅当即用笔尖蘸着怒火，奋笔写下了这样几句话：

绍兴鲁迅纪念馆——鲁迅故居在浙江省绍兴市东昌坊口19号(今鲁迅路2号)周家新台门内。

“这在一方面，是日本帝国主义在‘膺惩’他的奴仆——中国军阀，也就是‘膺惩’中国民众，因为中国民众又是军阀的奴隶；在另一方面，是进攻苏联的开头，是要使世界的劳苦群众，永受奴隶的苦楚的方针的第一步。”

东北大学片平校区内的鲁迅像

这几句话仅仅80个字，却是字字千钧，一针见血地揭露了日本帝国主义与国民党新老军阀的主奴关系，揭露了日本帝国主义侵略的罪恶本质和狂妄野心，显示了一个伟大的思想家，一个伟大的爱国主义者和国际主义者的远见卓识和英雄气概。

“九一八”事变后，国民党南京政府采取投降主义政策，在它统治下的社会也乱成一团。当时，整个社会都在叫嚷“救国”，上海的一些报刊、杂志、文化载体、新闻媒介，充斥着连篇累牍的“国难声中”的呼喊。表面上“抗日救国”，“国难声中”的喧嚣声声震云天，沸沸扬扬，然而，怎么个“抗”呢，如何去“救”呢？这嘈杂的“国难声中”又是些什么货色呢？

有的查阅《唐书》，引经据典，说日本古名“倭奴”，而字典云，倭就是矮小之意……

日本军队侵占东北，威逼华北，用的是飞机大炮，我们一些人却舞弄着大刀，每天“杀敌几百几千”的乱嚷，还有人“特制钢刀九十九，去赠送前敌将士”。当马占山将军在黑龙江进行抗战时，上海青年组织了援马团，要到东北战场去。这本来也是好事，但他们是如何做的呢？“中国现在总算有一点铁路了，他们偏要一步一步的走过去；北方是冷的，他们偏只穿件夹

鲁迅电影城

袄，打仗的时候，兵器是顶要紧的，他们偏只着重精神。”

画报上平时总登些美女像，什么某女校校花啦，某先生的女公子啦，一律穿猎装、网球衫、超短裙等。可日本侵入东三省后，画报上又刊出了白长衫的战斗服，或托枪的戎装女士像。鲁迅说：“雄兵解甲而密斯（英语miss的音译，小姐、女士之意）托枪，是富于戏剧性的。”这时，社会上就同时出现许多怪现象：“练了多年的军人，一声鼓响，突然都变成了不抵抗主义者。于是远路的文人学士，便大谈什么‘乞丐杀敌’‘屠夫成仁’‘奇女子救国’一流的传奇式古典，想一声锣响，出乎意料的人物来‘为国增光’。”

《申报·自由谈》上还登着这样的消息：一个江苏籍的汉口人，收到他上海朋友的儿子的信，问到他的病况，他回信病得不轻，且以因病不能投身义勇军为遗憾。他朋友的儿子立即寄去一包药，说是培生制药公司生产的益金草，“功能治肺痨咳血，可一试之”。他立即试服了一剂，“则咳果止，兼旬而后，体气渐

鲁迅与许广平

复”。此人立刻踌躇满志地宣称：“一旦国家有事，吾必身列戎行，一展平生之壮志，灭此朝食，行有日矣。”

有一位叫叶华的女士说：“各犬中，要以德国警犬最称职，余极主张吾国可选择是犬作战……”

总之，当时是形形色色的人都在高喊“救国”：银行家说储蓄救国，卖稿子的说文学救国，画画儿的说艺术救国，爱跳舞的说寓救国于娱乐之中，烟草公司的老板则说，吸吸马占山将军牌香烟，也未尝不是救国的一种方式……

真是一犬吠日，百犬吠声，花样别出，乌烟瘴气！对于“国难声中”的这些乌七八糟的货色，鲁迅厌恶到了极点。他感到，对于这种把辱国之恨当作钻营阶梯的滑头，把民族敌人的凶残化为一笑的丑行，把救国大事视为儿戏，当作寻开心、找乐子的方法的浅薄轻狂之徒，不痛加打击，是不足以唤起民族的尊严感和责任感的。于是他在《十字街头》杂志上，写了一

鲁迅雕像

篇犀利的杂文《沉滓的泛起》，痛加训斥说："在这'国难声中'，恰如用棍子搅了一下停滞多年的池塘，各种古的沉滓、新的沉滓，就都翻着筋斗漂上来，在水面上转一个身，来趁势显示自己的存在了。"他们"都不过是出卖旧货的新告，要趁'国难声中'或'和平声中'将利益更多的榨到自己的手里"。

鲁迅尤其厌恶和悲愤的是，在民族存亡的关头，从上到下，还充斥着"做戏"式的宣传。教育经费用光了，却还要新开几个学堂，装装门面，全国的人十分之九不识字，然而还要请几个博士，让他们对西洋人去讲中国的精神文明；至今还是随便拷问，随便杀头，却总支撑维持着几个洋式的“模范监狱”给外国人看；远离前敌的将军，偏要发电报，说要“为国捐躯”；连体操课也不愿上的少爷学生，却偏要穿上军装，说是“投笔从戎”。

更可笑的是，《申报》上还登载了一篇《杨缦华女士游欧杂感》的文章，说的是：杨女士游历欧洲，到了比利时一个乡村，许多女人争着来看她的脚，因为她们从小就听说中国人是有尾巴（即辫子）的，要讨姨太太的，女人都是小脚。跑起路来一摇一摆的。杨女士伸起脚给她们看，“才平服伊们好奇的疑窦”，以致使得比利时女人赶快请求“原谅我们的错念”。比利时人还有熟悉东亚情况者，带着讥笑的口吻说：“中国

绍兴就是这样一座地方色彩很浓的著名水城。悠悠古纤道上，绿水晶莹，石桥飞架，轻舟穿梭，有大小河流1 900公里，桥梁4 000余座，构成典型的江南水乡景色。东湖洞桥相映，水碧于天；五泄溪泉飞成瀑，五折方下；柯岩石景，鬼斧神工。

的军阀如何专横，到处闹的是兵匪，人民过着地狱般的生活。”也被这位杨女士挡了回去。她说：“此种传说，全无根据。”杨女士的同行者还傲然地说：“我看你们哪里会知道立国数千年的大中华民国。等我们革命成功之后，简直要拿显微镜来照你们比利时呢。”——报纸上竟说这是“为国增了光”。

针对这种花样不断翻新、无休止的自欺欺人的把戏，鲁迅于1931年10月间，连续写了《以脚报国》《新的女将》《宣传与做戏》三篇杂文，进行了尖锐的揭露和讽刺。他一针见血地指出：

“这就是我之所谓‘做戏’。

但这普遍的做戏，却比真的做戏还要坏。真的做戏，是只有一时；戏子做完戏，也就恢复为平常状态的。杨小楼做《单刀赴会》，梅兰芳做《黛玉葬花》，只有在戏台上的时候是关云长，是林黛玉，下台就成了普通人，所以并没有大弊。倘使他们扮演一回之后，就永远提着青龙偃月刀和锄头，以关老爷、林妹妹自命，怪声怪气，唱来唱去，那就实在只好算是发热昏了。

不幸因为是‘天地大戏场’，可以普遍的

做戏者，就很难有下台的时候，例如杨缦华女士用自己的天足，踢破小国比利时女人的‘中国女人缠足说’，为面子起见，用权术来解围，这还可以说是很该原谅的。但我认为应该这样就拉倒。现在回到寓里，做成文章，那就是进了后台还不肯放下青龙偃月刀；而且又将那文章送到中国的《申报》上来发表，则简直是提着青龙偃月刀一路唱回自己的家里来了。难道作者真已忘记了中国女人曾经缠脚，至今也还有正在缠脚的吗？还是以为中国人都已经自己催眠，觉得全国女人都已经穿了高跟皮鞋了呢？”

强盗已经打进国门，而国人还在自我麻醉，还在投机，还在欺骗，这是一种怎样的不幸啊！直至1932年6月，鲁迅在给友人的信中还慨叹道：我们“‘抗’得轻浮”，而敌人却“杀得切实”，“这事情似乎至今许多人也还是没有悟”。

这就是鲁迅，作为一个脚踏实地的爱国主义者的鲁迅。他一生注重真情，讲究实效，反对“做戏”。面对这种掩耳盗铃的行径和麻木不仁的同胞，他怎么能不忧虑呢？

“度尽劫波兄弟在”

鲁迅在1933年4月29日的日记中记着这样一件事：“得西村真琴信并自绘鸠图一枚”；6月21日又记道：“为西村真琴博士书一横卷云：‘奔霆飞焰歼人子，

败井颓垣剩饿鸠。偶值大心离火宅，终遗高塔念瀛洲。精禽梦觉仍衔石，斗士诚坚共抗流。度尽劫波见弟在，相逢一笑泯恩仇。’”这里记载了一段十分感人的故事——正当日本帝国主义向中国发动侵略战争之际，鲁迅与日本友人为争取世界和平、反对罪恶的侵略战争，而建立深厚友情的动人故事。

西村真琴博士是日本的一位真诚的人道主义和爱好和平的生物学家。1932年2月，正是日本侵略军突然袭击上海闸北地区，悍然发动了“一·二八事变”之后，西村博士作为大阪每日新闻社的代表团团长，来到了上海。在闸北，他目睹了日军炮火造成的一片废墟，默默地在断壁残垣中徘徊。突然，他在一个名叫“三义里”的弄堂中，发现了一只飞不动的鸽子，正在咕咕咕地悲切哀鸣着。他轻轻捧起这只可怜的小精灵带回去饲养，回国时又把它带回丰中市自己的家里。西村希望把这只鸽子和日本鸽子交配，如果生出小鸽子来，就把它作为“和平的使者”，送回中国去。可是，在第二年3月，这只鸽子突然死去了。博士在伤心惋惜了一阵之后，便把它小心翼翼地埋在了院子里的紫藤下面，并立了一块小小的石碑，因为鸽子是从上海闸北三义里得到的，所以就起名叫“三义冢”。今天，这块小小的石碑，已经成为象征中日两国人民

爱好和平和友好的珍贵文物，并仍然保留在西村博士故居院子里那郁郁苍苍地生长着博士亲自采集种植的各种树木花草之中。

西村博士善于植物写生，画画得很好。所以他把那只鸽子的遗影描绘下来，写了一封信给鲁迅，谈了他未能实现的愿望，并请求题诗。1933年6月就收到了上面所说的那首七律诗——《题三义塔》。

鲁迅在这首诗中，愤怒地控诉了日本侵略军蹂躏中国土地，屠杀中国人民的血腥暴行（“奔霆飞焰歼人子，败井颓垣剩饿鸠”），热情赞颂了中日两国人民共同反抗反动潮流的友好情谊（“终遗高塔念瀛洲，斗士诚坚共抗流”），并且满怀信心地预言，虽然现在中日两国隔阂很深，但是，罪恶的战争一定会消灭，度过漫长的苦难岁月，日中两国人民仍将会成为友好的亲兄弟（“度尽劫波兄弟在，相逢一笑泯恩仇”）。表现了一个伟大的爱国主义与国际主义者的博大胸怀。

鲁迅以他敏锐的眼光，从西村真琴对一只象征和平的中国鸽子的拯救、喂养、埋葬、悼念等一系列行动中，看到了日本人民一定会和中国人民以及全世界革命人民结成反法西斯统一战线，夺取反侵略战争的彻底胜利。

就在鲁迅写这首诗的前四个月，日本共产党员、优秀作家小林多喜二因反对法西斯统治而被日本政府残酷杀害。鲁迅得到消息后，立即发去唁电，悲愤而严正地指出：“日本和中国的大众，本来就是兄弟。资产阶级欺骗大众，用他们的血画了界线，还继续在划着。但是无产阶级和他们的先驱们，

正用血把它洗去。小林同志的死，就是一个实证。我们是知道的，我们不会忘记。”

鲁迅始终坚定地支持日本人民和世界各国人民反法西斯的革命斗争，感谢并争取他们对中国革命和反侵略战争的支援。他一生与许多外国朋友，尤其是日本朋友结下了深厚的友谊。但是，鲁迅先生又是一个胸怀坦荡，恩怨分明，公私分明的人，因而对无耻的法西斯侵略者及其帮凶们从不姑息和曲意逢迎。

1935年10月的一天，日本一个叫野口米次郎的诗人，通过鲁迅的好友内山完造，想见见鲁迅先生。鲁迅知道，野口米次郎在日本知识界是一个名流，是个很有影响的诗人，如果能争取他成为中国人民的朋友，对于中国革命将是有益的。于是他很高兴地答应了。

10月21日，深秋的日本秋高气爽，晴空万里，温暖的阳光透过天窗照进内山书店里一张小方桌上。鲁迅正在与内山完造坐在那里饮茶漫谈，日本《朝日新闻》上海分社社长木下陪同野口进来了。双方寒暄一阵过后，已经是中午时分了，木下便做东邀请鲁迅先生、野口和内山一起到六三园吃午饭。席间，四个人边吃边聊，毫无拘谨地谈文学、谈诗歌……气氛非常

轻松愉快。

突然，野口放下筷子，呷了一口酒，眨着眼睛，神秘地问道："日中亲善友好能出现吗？"

"日中亲善友好"是日本军国主义者和日本政府自1931年发动侵略中国的公开的武装进攻以来，一直唱着的骗人的老调子，日本军队在中国杀人放火、无恶不作，侵略的战火正在中国到处蔓延，中国人民正陷入水深火热的被压迫之中，因而日中两国之间哪里还有什么"亲善"可言呢？野口的话刚一出口，木下和内山两人都一怔，他们觉得野口的话太唐突和不合时宜了，因而扫了鲁迅先生一眼，便同时低下头不作声。鲁迅收起脸上的笑容，缓缓地说："要是有可能，那也完全是日本人个人的说法。"

鲁迅的回答，本已柔中带刚、委婉地驳斥了野口的无理的发问，不料，别有用心的野口米次郎竟不识好歹，接着又提出一个更加阴险无理和火药味很浓的问题。他露出讥讽的笑容说："鲁迅先生，中国的政客和军阀总不能使中国太平，而英国替印度管理军事政治倒还太平，中国不是也可以请日本来帮忙管理军事政治吗？"

坐在旁边的木下和内山两人，根本没料到野口是如此的不识好歹、不知进退，会进一步问出这种荒唐无理的问题来，因而野口的话刚说完，他们两人惊愕地互相望了一眼，再次难堪地低下了头。

鲁迅故居中的鲁迅先生的卧室兼书房，在这里他写出了第一篇小说《怀旧》。

鲁迅绍兴故居

绍兴鲁迅故居位于都昌坊口周家新台门西首。由鲁迅故居、百草园、三味书屋、鲁迅生平事迹陈列厅组成，建成于1953年1月，1881年9月25日，鲁迅就出生在这里，鲁迅故居是鲁迅出生地，也是他童年和青少年时期成长、生活和学习的场所。室内陈设按当年原样摆放，不少家具和用品均是原物。百草园是周家原已荒芜的菜园，是童年鲁迅休憩和玩耍的乐园，占地2 000平方米，现基本保持原样。三味书屋是清朝末年绍兴城内颇负盛名的一处私塾，鲁迅12～17岁在此读书。一直生活到18岁去南京求学，以后回故乡任教也基本上居住此地。新台门是周家多年聚族而居的地方。这里原有的正中大门是六扇黑漆竹门，改建后已不复存在。新台门整座屋宇是江南特有的那种深宅大院，它是老台门八世祖周熊占(1742—1821)在清朝嘉庆年间购地兴建的，同时建造的还有过桥台门。

拓展阅读 TUOZHAN YUEDU

鲁迅曾高祖一房移居新台门，世系绵延，到了清光绪、宣统年间，整个周氏房族逐渐衰落。1918年，经族人共议将这群屋宇连同屋后的百草园卖给了东邻朱姓。房屋易主后，原屋大部分拆掉重建，但鲁迅家居住的地方主要部分幸得保存。解放以后，人民政府多次拨款整修，已经恢复旧观，原来的家具也多数找回，并按原样陈列。鲁迅故居现为全国爱国主义教育基地，全国重点文物保护单位。

鲁迅生平事迹陈列厅通过大量实物、照片、手稿、书信、图表等展品，生动形象地再现了鲁迅一生的光辉业绩和由民主主义者转变为共产主义者的思想发展历程。

鲁迅也被这无耻的强盗口吻激怒了，他明白了面前的野口不仅是一个毫无教养的小人，而且还是一个别有用心、甘为日本侵略势力充当鹰犬，摇旗呐喊的无耻文人。于是，他冷峻地瞥了野口一眼，毫不客气地回答说：“这有个感情问题！同是把财产弄光，那么与其让强盗抢了去，还不如让败家子败光。如果同是被杀，我想还是死在本国人手里好。”

鲁迅鲜明的态度，锐利的回答，使对中国一贯友好的木下和内山两人都松了一口气，自讨没趣的野口却窘得面红耳赤，一句话也说不上来了。

鲁迅在当天的日记中记载了这次会晤："午，朝日新闻支社仲居君邀饮于六三园，同席有野口米次郎、内山二氏。"也许是由于对野口作为一个诗人却甘心充当日本侵略者的帮凶和传声筒深感遗憾和极其鄙视的缘故吧，鲁迅对这次会晤的详细情形只字未提。

但是，遭到鲁迅机敏斥责的野口，心里总觉得有一种难言的不快，在耿耿于怀的情况下，他回国之后，又写了一篇"会谈记"，肆意歪曲鲁迅讲话的原意。后来，鲁迅在1936年2月3日写给日本朋友增田涉的信中说："和名流的会见，也还是停止为妙。野口先生的文章，没有将我所讲的全部写进去。所写部分，恐怕也为了发表的缘故，而没有按原意写。”揭露了这个依附于日本反动政府的所谓“名人”的卑劣伎俩。

泱泱大度，爱憎分明、浩然正气。鲁迅不愧为中华民族优秀儿女的代表，一个伟大的国际主义与爱国主义相结合的民族英雄和杰出战士。

“又为斯民哭健儿”

1933年希特勒上台后，推行法西斯统治，蒋介石亦步亦趋，跟着成立各种特务组织，对进步势力和共产党人以及革命者，展开了更残酷的“文化围剿”，1933年1月，鲁迅与蔡元培、宋庆龄、杨杏佛等组织了“中国民权保障同盟”，同蒋介石的倒行逆施进行针锋相对的斗争。民权保障同盟严正宣告：“我们反对国民党政府和帝国主义勾结起来，镇压国内革命运动。”它的主要宗旨是：营救、声援被国民党政府指控为“政治犯”的共产党员和革命者，争取人民的言论自由。

该组织成立后，国民党反动派随即派特务严密监视这个组织的重要成员，而且放风说鲁迅、蔡元培、宋庆龄等人已进了“黑名单”，随时可能被捕。鲁迅作为民权保障同盟上海分会的执行委员之一，毫不畏惧，

照旧积极参加同盟的活动。在他们的努力下，营救了不少革命同志，如波兰籍的国际革命人士牛兰夫妇、许德珩以及著名共产党人罗登贤、余文化、廖承志等。2月，鲁迅写了《为了忘却的记念》，痛悼两年前被杀害的柔石等五位青年烈士，揭露和控诉了国民党反动

派的法西斯暴行。5月，鲁迅和蔡、宋等人又前往德国领事馆，递交了《为德国法西斯压迫民权摧残文化的抗议书》。民权保障同盟的这一切活动，被蒋介石视为眼中钉、肉中刺，他们再也不能容忍了，因而准备下手了，并决定拿国民党中央研究院总干事，同时又身为民权保障同盟总干事的杨杏佛首先开刀。

1933年6月18日上午8时15分，上海法租界亚尔培路331号，国民党中央研究院国际出版品交换处的门口，突然响起了枪声。早已埋伏在周围的国民党特务，端起枪向正从门里开出的一辆篷车连续扫射。坐在车上的杨杏佛身中数弹，当场牺牲。他15岁的儿子杨小佛也腿部中弹，昏倒在车上。

暗杀杨杏佛是一次有预谋的大屠杀的开端。紧接着特务们就放出了风声，说有许多人要遭到杨杏佛同样的命运，国民党的御用期刊《中国论坛》上甚至刊出了所谓的“钩命单”。

杨杏佛被杀的消息传来，群情激愤，鲁迅和许寿裳万分悲痛。鲁迅与杨杏佛在民权保障同盟一起战斗，结下了深厚的战斗情谊。许寿裳与杨杏佛既是同事又是挚友。他们曾先后在大学院和研究院密切合作，蔡元培院长常在上海，研究院许多事务都是杨杏佛与许寿裳协商处理的。杨杏佛有爱国心和正义感，是国民党党员，还是国民政府国立中央研究院的总干事，只因为对特务横行有所抗议，便横遭杀身之祸，这使许寿裳倍加愤慨。

杨杏佛被杀后，风声很紧。第二天，即6月19日，许寿裳赶来看鲁迅，告知他传闻特务黑名单中有鲁迅，随时可能被害，恳求他暂时躲避一下。但鲁迅泰然自若，照常出去活动。第二天中午，许寿裳又赶来，说外文报纸已透露，特务准备在杨杏佛入殓仪式中杀害鲁迅等人，因而劝鲁迅不要参加入殓仪式。可是鲁迅坚决要去，临走时连门钥匙也不带，以表示此去不准备再回来的决心。

当时，林语堂不敢出面，还有人纷纷离开上海，如鲁迅所形容的：“天下骚然，鸡飞狗走。”但鲁迅的回答是坚决的：“只要我还活着，就要拿起笔，去回敬他们的手枪。”

许寿裳深受感动，毅然陪鲁迅一起去。6月20日，大雨滂沱，杨杏佛的入殓仪式在万国殡仪馆隆重举行。鲁迅和许寿裳迎着风雨，并肩前行，直奔万国殡仪馆。

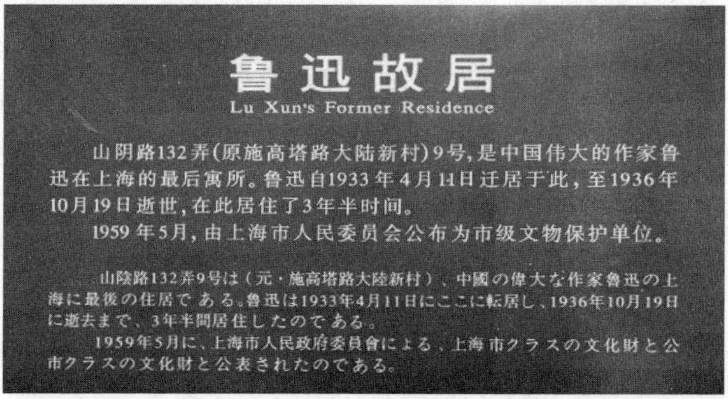
鲁迅故居
Lu Xun's Former Residence
山阴路132弄(原施高塔路大陆新村)9号，是中国伟大的作家鲁迅在上海的最后寓所。鲁迅自1933年4月11日迁居于此，至1936年10月19日逝世，在此居住了3年半时间。
1959年5月，由上海市人民委员会公布为市级文物保护单位。
山陰路132弄9号は（元・施高塔路大陸新村）、中國の偉大な作家魯迅の上海に最後の住居である。魯迅は1933年4月11日にここに転居し、1936年10月19日に逝去まで、3年半間居住したのである。
1959年5月に、上海市人民政府委員會による、上海市クラスの文化財と公市クラスの文化財と公表されたのである。

殡仪馆外，国民党的便衣特务密布，外围还有外国巡捕。可是市民群众仍然像潮水般地涌来，簇拥着鲁迅进入会场。鲁迅长衫飘飘，从容不迫，大义凛然。宋庆龄、蔡元培等也前来参加，心情悲痛，态度坚决。整个会场庄严肃穆，充满着对反动派的无声抗议。整个会场静悄悄的，连心跳的声音似乎也能感觉得到，然而，这种寂静和沉默却像基督耶稣临难前的庄重表情，充满了凛然不可侵犯的威仪。面对革命群众的威严气势和鲁迅等人的大无畏精神，国民党特务们最终心虚了，害怕了，于是先后悄悄地溜走了，终于未敢下毒手。

参加葬礼回来后，鲁迅仍旧悲愤交加，心情久久难以平静，片刻，他铺纸提笔，慨然赋诗一首：

岂有豪情似旧时，
花开花落两由之。
何期泪洒江南雨，
又为斯民哭健儿。

杨杏佛被害后，许多革命者相继被捕。但战友的表现，给鲁迅增加了力量，而懦夫的所为，更使他因鄙弃激发了“我自横刀向天笑，去留肝胆两昆仑”的昂扬斗志，因此他不仅没有隐蔽，仅在一个星期后又

接连写出《华德保粹优劣论》《华德焚书异同论》，不仅抨击德国法西斯的罪行，而且以“黄脸干儿们”直指国民党反动派。接着，他又写了《无题》与《悼丁君》诗二首，用“如磐

鲁迅与少年闰土

70年代初，冰心（左一）与鲁迅夫人许广平（中）等合影。

夜气压重楼，剪柳春风导九秋”之句，描绘了国民党反动统治下的中国黑暗重重的凄凉破败景象。这饱含激越悲愤之情的诗句，无疑是在“中国黎明前最黑暗的年代里”人民心中的呐喊，象征着沉默中的爆发。战斗的号角既然已经吹响了，那么革命的风雨也就即将来临了……

鲁迅趣事

大家所接触到的鲁迅先生一般是寸发竖立、面容消瘦、目光犀利、凝重而严峻的，给人的印象是严厉的、高大的、战斗的、横眉冷对的，让人既尊敬崇拜又望而生畏。其实鲁迅同时也是聪明机智、风趣幽默的人。让我们来采撷其中的几朵浪花吧！

理发趣事

在厦门大学教书时，鲁迅先生曾到一家理发店理发。理发师不认识鲁迅，见他衣着简朴，心想他肯定没几个钱，理发时就一点也不认真。对此，鲁迅先生不仅不生气，反而在理发后极随意地掏出一大把钱给理发师——远远超出了理发的钱。理发师大喜，脸上立刻堆满了笑。

过了一段日子，鲁迅又去理发，理发师见状大喜，立即拿出全部看家本领，满脸写着谦恭，“慢工出细活”地理发。不料理毕，鲁迅并没有再显豪爽，而是掏出钱来一个一个地数给理发师，一个子儿也没多给。理发师大惑：“先生，您上回那样给，今天怎么这样给?”鲁迅笑笑：“您上回马马虎虎地理，我就马马虎虎地给；这回您认认真真地理，我就认认真真地给。”理发师听了大窘。

演讲轶事

名流免不了常被邀请做演讲，鲁迅也不例外。他演讲时旁征博引，妙趣横生，常常被掌声和笑声包围。有一次他从上海回到北平，北师大请他去讲演，题目是《文学与武力》。有的同学已在报上看到不少攻击他的文章，很为他不平。他在讲演中说：“有人说我这次到北平，是来抢饭碗的，是‘卷土重来’；但是请放心，我马上要‘卷土重去’了。”一席话顿时引得会场上充满了笑声。

爱书情结

鲁迅先生从少年时代起，就和书结下了不解之缘，他一生节衣缩食，购置了多册书本。他平时很爱护图书，看书前总是先洗手，书脏了就小心翼翼地弄干净。他自己还准备了一套工具，订书、补书样样都会。一本破旧的书，经他整理后，往往面目一新。他平时不轻易把自己用过的书借给别人，若有人借书，他宁可另买一本新书借给人家。

标点的稿费

大家知道：标点符号虽然其貌不扬，但在文章中却起着举足轻重的作用。可当年的出版界对标点符号不重视，在支付稿费时，往往把它从字数中扣除，不给稿费。一次，鲁迅应约为某出版社撰写书稿，由于事先探知该出版社不支付标点符号的稿费，因此他的书稿通篇没有一个标点符号。

编辑看了书稿后，以“难以断句”为由，回信要求鲁迅加上标点符号。鲁迅回复：“既要作者加标点符号分出段落、章节，可见标点还是必不可少的。既然如此，标点也得算字数。”那家出版社没办法，只好采纳鲁迅的意见，标点符号也折算字数支付稿费了。

辣椒驱寒

鲁迅先生从小认真学习。少年时，在江南

水师学堂读书，第一学期成绩优异，学校奖给他一枚金质奖章。他立即拿到南京鼓楼街头卖掉，然后买了几本书，又买了一串红辣椒。每当晚上寒冷时，夜读难耐，他便摘下一颗辣椒，放在嘴里嚼着，辣得额头直冒汗。他就用这种办法驱寒坚持读书。由于刻苦读书，后来终于成为我国著名的文学家。

烟罐驱猫

鲁迅先生习惯于在夜间写作。他晚上写作的时候，最烦的一件事就是野猫在外头叫春。周海婴回忆道："我父亲无可奈何时，就用他的空香烟罐扔出去。这么一响，就把猫吓走了。可是一不扔，猫又来了。那时候，我就赶紧跑下去，到院子里把空罐拿回来，送到二楼交给我父亲，输送'炮弹'。"

冬天的上海既潮湿又阴冷，尤其是夜晚更是寒气逼人。鲁迅身体不是很好，冬天他常常在屋里生一个煤炉，"在平时不生病的时候，在屋子里烧煤炉，因为节约，往往吃晚饭时才生。也只有他这间二楼的屋子有个炉子。而他胃痉挛时，就用一个怀炉，用棉布包着，放在胃部。”

小的时候，周海婴特别希望有客人来家里玩，“因为我没有兄弟姐妹，邻居又都是日本人。我在家很孤单。有客人来就热闹了”。而当家里有客人的时候，鲁迅就会拿出特别招待他们的烟，“那时候我父亲常常抽平海牌、强盗牌香烟，比较便宜。客人来了，就会拿出一种红盒的，上面有个黑颜色猫的好烟，请他们抽。喝茶也是这样，请客人喝好茶”。

戏弄特务

有一次，鲁迅在上海的街头溜达，身后总跟着一个小特务盯梢。当然这对鲁迅来说是常有的事。鲁迅故意将他当成乞丐，坦然地转过身去递过一块银元：“买饭吃吧。”

办刊趣事

广州的一些进步青年创办的文学社，希望鲁迅给他们的创刊号撰稿。鲁迅说：“文章还是你们自己先写好，我以后再写，免得人说鲁迅来到广州就找青年来为自己捧场了。”青年们说：“我们都是穷学生，如果刊物第一期销路不好，就不一定有力量出第二期了。”鲁迅风趣而又严肃地说：“要刊物销路好也很容易，你们可以写文章骂我，骂我的刊物也是销路好的。”

批判主观主义趣事

30年代，某些作家的主观主义毛病很厉害。一次，有人请鲁迅谈谈这一问题，鲁迅一开始笑而不答，过了一会儿，讲了两个故事：

金扁担——有个农民，每天都得挑水。一天，他忽然想起，平时皇帝用什么挑水吃的呢？自己又接着回答：一定用金扁担。

吃柿饼——有个农妇，一天清晨醒来，觉得饿，她想，皇后娘娘是怎么享福的呢？一定是一觉醒来就叫：“大姐，拿一个柿饼来吃吃。”

巧对“上级”命令

1934年，国民党北平市长袁良下令禁止男女同学、男女同泳。鲁迅先生听到这件事，对几个青年朋友说：“男女不准同学、同泳，那男女一同呼吸空气，淆乱乾坤，岂非比同学同泳更严重！袁良市长不如索性再下一道命令，今后男女出门，各戴一个防毒面具。既避免空气流通，又不抛头露面。这样，每个都是，喏！喏！……”说着，鲁迅先生把头微微后仰，用手模拟着防毒面具的管子……大家被鲁迅先生的言谈动作逗得哈哈大笑。

拒绝拍照

1934年，《人世间》杂志开辟了“作家访问记”的专栏，并配合刊出接受采访的作家的肖像。该杂志的编辑写信给鲁迅，要求应允前去采访，并以书房为背景拍一张照片，再拍一张鲁迅与许广平、周海婴的合照。鲁迅写了一封十分幽默的信予以拒绝：“作家之名颇美，昔不自重，曾以为不妨滥竽其例。近来悄悄醒悟，已羞言之。头脑里并无思想，寓中亦无书斋，‘夫人及公子’更与文坛无涉，雅命三种，皆不敢承。倘先生他日另作“伪作家小传”时，当罗列图书，摆起架子，扫地欢迎也。”

拓展阅读 TUOZHAN YUEDU

鲁迅先生虽然是一个普通的文化人物，但在那风雨如晦的旧中国的黑暗年代里，他始终以“将别人喝咖啡的时间都用在工作上”的勤奋精神，以“似投枪匕首”的锋利文笔，同一切帝国主义和中国反动派进行了顽强的战斗。今天，当我们面对近1 000万字的《鲁迅全集》那皇皇巨著时，我们面对的不仅是一个思想家和文学家的智慧宝库，更是一个伟大的革命者和爱国者的不朽丰碑！鲁迅是中国文化革命的主将，他不但是伟大的文学家，而且是伟大的思想家和伟大的革命家。鲁迅的骨头是最硬的，他没有丝毫的奴颜和媚骨，这是殖民地半殖民地人民最可宝贵的性格。鲁迅是在文化战线上，代表全民族的大多数，向着敌人冲锋陷阵的最正确、最勇敢、最坚决、最忠实、最热忱的空前的民族英雄。

鲁迅，是中国新文化战线上一面光辉的旗帜，是我们伟大民族的灵魂！

“死也不离开上海!”

当时光进入1936年以来，正是祖国抗日救亡运动高涨、人民斗志勃发的时候，鲁迅的思想也在进一步酝酿着新的发展，他永远是不断地随着时代前进的。自从1935年12月9日北京的学生们发出爱国怒吼，并立即从大江南北响起了巨浪般的回声以来，抗日救亡的运动以空前的排山倒海之势前进，中国革命处于新高潮的前夕。鲁迅从冯雪峰那里了解到党的抗日民族统一战线的政策以后，他完全拥护这个英明正确的决策。他看见了祖国西北上空闪闪的红星，他听见响彻中华大地的抗日吼声，他凝望着东方地平线上露出的曙光。

福井县芦原市的藤野先生纪念馆

“心事浩茫连广宇，于无声处听惊雷。”

他已听到了惊雷爆炸前的隆隆声，看见曙光到来时的微芒。但是，不幸的是，就在这个时期，他的健康状况大不如前了。长年的劳累、艰苦的战斗、繁忙的工作拖垮了他的身体，肺病开始恶化了。

1936年6月初，鲁迅先生开始高烧，连续五天不退，从不间断的日记这时也中断写作了。这时，他接到了陈仲山的来信和邮寄的刊物，信中竟无耻地诬蔑提出民族革命统一战线政策的中国共产党，并妄想得到鲁迅的支持。鲁迅多么想拿起战斗的笔，来回答这种挑拨，可是他已无法支撑起衰弱不堪的病体。他只向冯雪峰口授《答托洛茨基派的信》，怒斥托洛茨基派的“高超”理论“恰恰为日本侵略者所欢迎”，将从天空中“掉到地上最不干净的地方去”。当他提到他所敬佩的中国共产党时，他那憔悴、衰老的面孔上不禁露出了欣慰的笑容，并满怀深情地说：“那切切实实，足踏在地上，为着现在中

鲁迅在仙台留学时的住所

国人的生存而流血奋斗者，我得引为同志，是自以为光荣的。”

鲁迅虽然没有在组织上加入中国共产党，但他是党的最忠诚的战友，在上海战斗的10年，他自觉地听从中国共产党的将令，对国民党反动派进行“韧”的斗争，并在斗争中成长为伟大的共产主义者，成为闻名中外的新文化运动的旗手。也正因为这样，国民党反动派对他极其忌恨，他们攻击鲁迅是拿了苏联卢布的头号“逆子贰臣”“堕落文人”，一直扬言要加以通缉、捕杀。

这时，由于鲁迅先生的病况日见沉重，史沫莱特、茅盾等友人非常担心，他们请来了上海唯一的著名的医治肺病的美籍专家，经他诊断，鲁迅的病已到了十分严重的地步。这位专家惊奇地指出，倘若是欧洲人，像这样的病在五年前就死了，他称誉鲁迅是“最能抵抗疾病的典型的中国人”。宋庆龄等闻知这一情况，坚决劝告鲁迅赶紧住入医院，先医治3个月，然后离开上海出国疗养。

面对战友们真挚深切的同志式的爱，鲁迅非常感动，打算到日本去疗养一段时间。那里山清水秀，又是他的留学之地，故地重游当然是一件令人愉快的事情。正在这时，敌人却开始到处散布鲁迅将要出国的消息，企图为进一步诋毁鲁迅制造口实。面对正处在斗争激烈、急剧变化的祖国，面对风云激荡的上海，鲁迅本已十分留恋，绝不愿意离开自己选择的战斗岗位。在得知这些反动派的幸灾乐祸的妖言后，鲁迅说什么也不愿再走了。他认为，既然敌人巴不得他离开上海，他就偏不走，而要给敌人“更多的不舒服”。还有，他要对敌人企图给他扣上“中盘认输”、‘临阵脱逃”的逃兵败将的帽子这一险恶用心给予有力的回击。想到这些，鲁迅先生双手用力挥去，眼睛遥望远方，斩钉截铁地说：“就是死也要死在上海！……”直到1936年10月16日，鲁迅还忍受着疾病的折磨，为曹靖华译的《苏联作家七人集》写了序言。

10月17日半夜，他的病情急变，已无法躺下入睡，只好整夜曲着身子，抱着腿坐着。

18日晚，他没有睡，几次抬起头来，看一看斜靠在床脚的妻子许广平，什么话也说不出来。当替他揩擦手上的汗水时，他紧紧地握了一下许广平的手。许广平心绪翻腾，但她没有勇气回握，只好流着眼泪装作不知道轻轻地放松了他的手。

时间慢慢地流逝，黑暗在渐渐退去，黎明就要来临了。医生说能度过这一夜就会好的。凌晨五时，他安静了，头稍稍朝内，呼吸轻微。但显然不是情况好转，在黎明就要到来之前，他……

一盏明亮的智慧之灯熄灭了，一颗多么伟大的心停止跳动了！

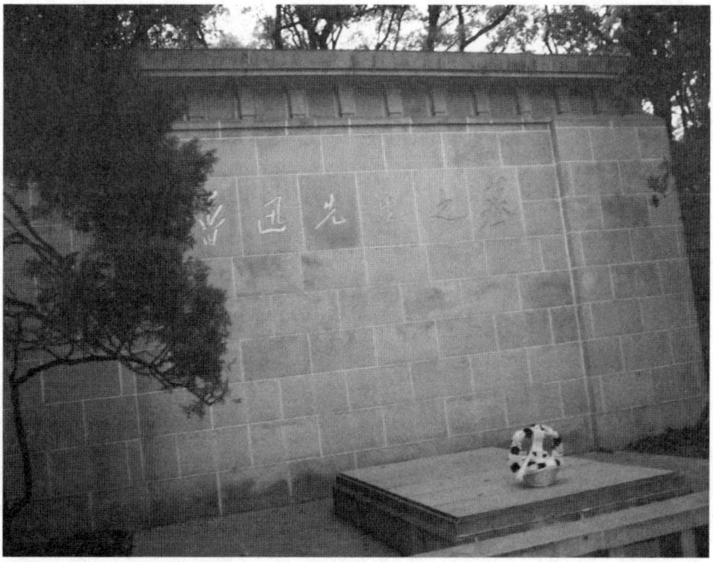

日历印着：1936年10月19日。

指针指着：5时25分。

中国人民的优秀儿子鲁迅安息了！他为争取中国的光明和人民的幸福而英勇奋战了一生，现在，他倒在了自己的岗位上。

先生离开我们而去了，但先生的著作永存！先生的精神千古不朽!

鲁迅先生逝世后，由蔡元培、宋庆龄、茅盾等组成了“治丧委员会”。在他的葬礼上，上海各界敬献了一面白缎黑绒的锦旗，上书“民族魂”三个大字，覆盖在他的遗体上。

鲁迅先生虽然是一个普通的文化人物，但在那风雨如晦的旧中国的黑暗年代里，他始终以“将别人喝咖啡的时间都用在工作上”的勤奋精神，以“似投枪匕首”的锋利文笔，同一切帝国主义和中国反动派进行了顽强的战斗。今天，当我们面对近一千万字的《鲁迅全集》那皇皇巨著时，我们面对的不仅是一个思想家和文学家的智慧宝库，更是一个伟大的革命者和爱国者的不朽丰碑！鲁迅是中国文化革命的主将，他不但是伟大的文学家，而且是伟大的思想家和伟大的革命家。鲁迅的骨头是最硬的，他没有丝毫的奴颜和媚骨，这是殖民地半殖民地人民最可宝贵的性格。鲁迅是在文化战线上，代表全民族的大多数，向着敌人冲锋陷阵的最正确、最勇敢、最坚决、最忠实、最热忱的空前的民族英雄。

鲁迅，是中国新文化战线上一面光辉的旗帜，是我们伟大民族的灵魂！

鲁迅之墓

中华魂·百部爱国故事丛书
提　要

《誓与禁烟相始终——民族英雄林则徐》

林则徐严禁鸦片，坚决抵抗西方列强的侵略，坚持维护国家主权和民族利益。他是中国近代历史上第一位睁眼看世界的人，是抗击帝国主义殖民侵略的第一人，是中华民族抵御外侮过程中伟大的民族英雄。

《血洒虎门御敌寇——抗英将军关天培》

民族英雄关天培，在第一次鸦片战争中为了抗击英国侵略者的入侵而血洒虎门，为国捐躯，谱写了一曲可歌可泣的英雄赞歌。关天培用他的生命，书写了中国人民反抗外侮的历史。

《威震镇海靖节魂——抗敌英雄裕谦》

在第一次鸦片战争期间的众多牺牲者中，有一位官阶最高，他就是两江总督裕谦。裕谦与外国侵略者斗争立场坚定，与国内妥协派、投降派斗争态度坚决。裕谦督战镇海，与英国侵略军浴血奋战，临危不惧，以身报国，浩气长存。

《斩邪留正解民悬——太平天国领袖洪秀全》

农民出身的洪秀全，从失意文人到起义领袖，经历了长期的思想演变过程，在外敌入侵、清朝政府腐朽的历史环境之下，顺应时代的潮流，成长为一位非凡的历史英雄人物，建立了与清朝政府相抗衡的农民政权——太平天国。

《仰承汉唐　荟萃中外——近代数学家李善兰》

李善兰是我国19世纪重要的科学家之一，在数学、天文学、力学等方面都有重大建树。他继承了我国古代数学的成就，又以极大的热情传播西方科学文化，“仰承汉唐，荟萃中外”，把自己的一生献给了科学事业。

《严谨治学　勇于探索——近代著名数学家华蘅芳》

华蘅芳，中国近代数学家之一。其精通中国古算学，并熟练掌握西方近代数学，是中国验证抛物线并著书立说的参与者。为了证明“外国有的，中国也能造”而鞠躬尽瘁，在引进西方科学技术、传播科学知识上贡献卓著。

《折冲樽俎护山河——近代著名外交家曾纪泽》

曾纪泽是中国近代史上著名的爱国外交家，在中俄伊犁交涉事件中，他秉承抵抗列强、保卫国家的坚定意志，利用外交手段全力同沙俄抗争，捍卫了国家主权、民族尊严，收回了祖国的领土，在近代中国外交史上留下了光辉的一页。

《甲午海战留英名——民族英雄邓世昌》

邓世昌，北洋水师名将。本书以邓世昌的成长过程为线索，以代表性的历史故事为主要内容，还原真实的历史事件，突出鲜明的人物性格。邓世昌因在中日甲午海战中突出的英雄气概而名垂史册，书写了伟大的爱国主义篇章。

《誓与舰队共存亡——北洋水师提督丁汝昌》

丁汝昌处在清朝政府的腐朽和李鸿章的专断下，难以施展爱国的抱负，壮志未酬，愤恨而终。但丁汝昌为建立近代海军作出的巨大贡献，带领北洋舰队爱国官兵勇抗强敌的英雄事迹，将永远为后代所传颂。

《镇南关上凯歌扬——抗法老英雄冯子材》

1885年中法战争中，年逾古稀的冯子材为抵御外国侵略，勇赴国难，大败法军于镇南关，并乘胜追击，接连收复文渊、谅山等地，从根本上扭转了中法战争的局面，成为近代民族英雄的杰出代表。

《屡败法军逞英豪——黑旗军将领刘永福》

刘永福是黑旗军的创建者，是农民出身的杰出军事家、政治活动家。在19世纪发生的援越抗法、中法战争中，他率部与帝国主义侵略者进行了殊死的战斗，建立了卓越的功勋，成为我国近代史上著名的民族英雄，为后世所景仰。

《矢志变法强国家——戊戌变法领袖康有为》

康有为是清末民初最有影响力的思想家之一。他领导了中国知识界的启蒙运动，掀起了一场自上而下的政体改革。他最早在中国提出了立宪政体和具体的宪政方案，主张在坚持儒家传统和帝制的前提下，学习西方经验，他的进步思想对近代中国具有深远的影响。

《开民智以报国　普新知而图强——戊戌变法思想家梁启超》

梁启超，中国近代史上著名的政治活动家、启蒙思想家、史学家、文学家，戊戌变法领袖之一。本书以百日维新思想家梁启超的成长过程为线索，以代表性的历史故事为主要内容，还原真实的历史事件，突出鲜明的人物性格。

《我自横刀向天笑——维新志士谭嗣同》

谭嗣同在民族危机的严重时刻，投身改革救中国的洪流。为了带给祖国一个光明的未来，紧要关头，他挺身而出，用自己的鲜血激励后人，把宝贵的生命献给了变法事业。

《睡乡敢遣警世钟——用生命警策国人的陈天华》

陈天华是民主革命的活动家和宣传家。他写的《猛回头》《警世钟》等书，起到了革命启蒙的重大作用。为了激发留日学生的爱国情怀，他不惜投海自杀，演出了近代史上感人至深的一幕，给后人留下了难忘的印象。

《革命军中马前卒——民主斗士邹容》

革命乃“至尊极高，独一无二，伟大绝伦之一目的”；它是“天演之公例，世界之公理，顺乎天而应乎人”的伟大行动。因此，必须“仗义群兴革命军”。他激情高呼：“革命独子万岁！中华共和国万岁！”这就是《革命军》的作者，中国近代著名资产阶级革命宣传家邹容。

《休言女子非英物——鉴湖女侠秋瑾》

为民族解放和妇女解放而英勇斗争的秋瑾，冲破封建礼教的思想牢笼，打碎封建精神枷锁，崇仰真理，追求光明，主张共和，坚持男女平等，最终献出了自己年轻的生命。

《血溅校场　杀身成仁——民主斗士徐锡麟》

本书讲述了反清志士徐锡麟弃文从武、投身反清革命事业，最终被清政府杀害的故事。出于对国家的热爱，徐锡麟献出自己的生命，他的事迹将永远激励后人深切缅怀这位民主革命的先驱。

《生可死耳　我志长存——献身民主的禹之谟》

禹之谟，民主革命党人，同盟会会员，近代资产阶级革命家、实业家。1886年，20岁的禹之谟“提三尺剑，挟一卷书”游历四方，研究西方社会政治学说，忧国忧民之心日趋强烈。戊戌变法失败，他丢掉改良幻想，倡革命救亡之说，走上民主革命道路。

《物竞天择　适者生存——资产阶级启蒙思想家严复》

严复是中国近代著名的启蒙思想家、翻译家和教育家。他长期从事教育和翻译事业，为近代中国人才培养和思想启蒙做出了重要贡献，同时他也为中国的翻译事业和中西思想文化交流做出了重要贡献。

《辛亥革命急先锋——资产阶级革命家黄兴》

黄兴，清末民初资产阶级革命家，中华民国开国元勋。黄兴在武昌首义及辛亥革命时期的爱国表现，与孙中山闻名于当时，常被时人以“孙黄”并称。本书以资产阶级革命活动实干家黄兴的成长过程为线索，歌颂了先辈伟大的爱国主义精神。

《矢志革命　百折不回——近代民主革命家廖仲恺》

廖仲恺追随孙中山踏上了创立民国与捍卫共和制的旧民主主义革命

之路；在新民主主义革命时期，他为建立、巩固首次国共合作和实施三大政策，英勇奋斗，为国殉职，洒尽了一腔热血。

《将军拔剑南天起——护国英雄蔡锷》

蔡锷是中国近代史上的杰出军事家、爱国者。他的一生短暂而伟大。辛亥革命爆发，他毅然投身于革命洪流之中，领导云南重九起义，对武昌起义积极响应。袁世凯窃国复辟、恢复帝制的阴谋暴露出来以后，他又毅然举起了武装讨袁的旗帜。

《反帝反封建运动——五四青年的爱国故事》

五四运动是一次伟大的反帝反封建的爱国运动；是一个伟大的历史转折点；是中国人民的斗争从挫折走向胜利的一个关节点，它为中国的前进开辟了一条全新的道路，拉开了中国新民主主义革命的序幕。

《思想自由　兼容并包——著名教育家蔡元培》

蔡元培是中国近现代著名的民主革命家和教育家，一生经历风雨，却始终信守爱国和民主的政治理念，致力于废除封建主义的教育制度，奠定了我国新式教育制度的基础，为我国教育、文化、科学事业的发展做出了富有开创性的贡献。

《为国家争光　为民族争气——中国铁路之父詹天佑》

詹天佑是我国最早的杰出铁道工程师，因主持建造京张铁路而闻名中外，被誉为“中国铁路之父”。他为祖国的铁路事业贡献了毕生的精力。本书向读者展示了詹天佑热爱祖国、科技兴国的辉煌人生。

《实业救国　衣被天下——轻工之父张謇》

张謇是爱国实业家、教育家。他年轻时中过状元。过了40岁，开始投身工商实业活动中，他的名言是“富民强国之本在于工”。在南通，创办大生丝厂、银行等各种实业。并将创办实业的大部分所得投入教育。他的观点是，教育和实业一样，也是“富强之大本”。

《心向革命　追求光明——平民将军冯玉祥》

冯玉祥将军“是一位从旧军人转变而成的坚定的民主主义战士”。

抗日战争期间，他辗转各地，用实际行动积极抗战。日本战败投降后，他为了断绝美国的援蒋内战，又在美国四处演说，揭露蒋介石统治之黑暗，痛斥美国阴谋分裂中国的不良行为。

《刑场上的婚礼——革命烈士周文雍　陈铁军》

周文雍是广州起义的主要领导人之一。陈铁军出身于华侨商人家庭，却毅然投身革命洪流。1928年1月，两人接受派遣，回到广州假扮夫妻从事革命斗争，却不幸被捕。临刑前，两位烈士将敌人的枪声当作自己婚礼的礼炮，用生命和爱情谱写出一曲千古绝唱。

《星星之火　可以燎原——井冈山斗争的故事》

1927—1929年，毛泽东、朱德等老一辈革命家，在井冈山创建了农村革命根据地，进行了艰苦卓绝的斗争，建立了新型革命武装，点燃了工农武装革命之火，找到了农村包围城市最后夺取政权的中国革命的正确道路。

《新民学会的主要发起人——中国共产党早期革命家蔡和森》

蔡和森青年时期曾与毛泽东等人一起组织进步团体新民学会，参加五四运动，并在赴法国勤工俭学时研读大量马克思主义著作，回国后以满腔热忱投身革命事业，成为中国共产党早期重要的理论家和宣传家。

《威震黄浦江畔　高奏抗日壮歌——一·二八淞沪抗战》

面对日本侵略者的挑衅，十九路军在蒋光鼐、蔡廷锴的带领下，高举义旗，奋力一搏。一·二八淞沪抗战，是中国军人捍卫军人荣誉和祖国尊严所发出的吼声，谱写了一曲抗击日军侵略的英雄壮歌。

《将军恨不抗日死——慷慨就义的吉鸿昌》

在国难深重的20世纪30年代，吉鸿昌将军因拒绝执行国民党指示，坚决不打内战，被迫携眷出国“考察”。回国后，他加入中国共产党，组织了民众抗日同盟军，英勇打击日本侵略者，后于1934年11月被国民党反动派杀害。

《献身革命 甘于清贫——梅岭忠魂方志敏》

大革命失败后，方志敏凭着“两条半步枪”起家，身经百战，创建了赣东北革命根据地和红十军。本书真实记录了方志敏投身于革命、领导红军和敌人进行艰苦卓绝斗争的经历，歌颂了烈士贫贱不移、威武不屈、献身革命的高尚品质。

《奏响中华最强音——人民音乐家聂耳》

聂耳在他有限的生命中创作了数十首革命歌曲，在抗日救亡运动中，聂耳的这些歌曲产生了广泛深远的影响。他的音乐创作为中国无产阶级革命音乐的发展指明了方向，树立了榜样。

《横眉冷对千夫指——中国文化革命主将鲁迅》

鲁迅不但是伟大的文学家，而且是伟大的思想家和伟大的革命家。在那风雨如晦的黑暗年代里，他以笔为投枪，同一切帝国主义和反动派进行了顽强的战斗，为中国人民树立了一个不朽的丰碑。他是新文化战线上的一面光辉旗帜，是我们伟大民族的灵魂。

《铁流两万五千里——红军长征的故事》

红军长征是人类历史上的一次伟大的壮举。第五次反“围剿”失败后，中国工农红军的三大主力在极端艰难的条件下，突破国民党军队的围追堵截，进行了史无前例的战略大转移，总行程达两万五千里以上。途中发生了许多动人故事，至今令人难以忘怀。

《荣辱不移革命志——创建陕北红军的刘志丹》

刘志丹是杰出的无产阶级革命家、军事家，西北红军和西北革命根据地的主要创始人之一。他一生热爱人民，追求真理，英勇善战，百折不挠，艰苦奋斗，忠心赤胆，为创建红军和革命根据地、为中国人民的解放事业建立了不可磨灭的功勋。

《英名永存北平城——爱国将领佟麟阁 赵登禹》

1937年7月28日，日军向北平郊区发动进攻。第二十九军副军长佟麟阁奉命在南苑率部与日军苦战，腿部受伤，头部被敌机炸伤，壮烈殉国。第一三二师师长赵登禹指挥部队顽强抵抗日军，右臂中弹负伤，仍继续作战。后在转移途中遭日军截击而牺牲。

《八百壮士　四行仓库铸军魂——谢晋元和他的战友们》

八一三抗战，中国军人以血肉之躯揭开全面抗战的帷幕。这是一场血战，是中国军人不屈不挠的英雄诗篇，其中的八百壮士守四行，成为这首英雄颂歌中最动人、最凄美的音符。一曲四行保卫战，铸就了不屈的军魂。

《八女投江　气贯长虹——八位抗联女战士》

抗日战争时期，以冷云为首的东北抗日联军8名女战士，为捍卫民族尊严，面对凶残的日寇，镇定自若，宁死不屈，投江殉国，表现了中华民族同敌人血战到底的英雄气概。她们的光辉形象，激励着千千万万的后来人。

《艰苦抗战　威震敌胆——著名抗日英雄杨靖宇》

杨靖宇将军是我国著名的抗日民族英雄。曾先后担任磐石游击队政治委员、东北抗日联军第一军军长兼政委、抗日联军总司令等职。领导军民对日寇坚持了长达9个年头的艰苦卓绝的斗争，最终以身殉国。

《死也不当亡国奴——镜泊抗日英雄陈翰章》

陈翰章，从1932年8月投笔从戎，直到1940年12月8日为抗击日本侵略者，战死在镜泊湖畔。他在抗日疆场上奋战了九年，他那可歌可泣的英雄事迹将为人们永世传颂。

《名将殉国　气壮山河——抗日将军张自忠》

著名抗日将领、民族英雄张自忠，生于忧患的时代，抱有“宁为百夫长，胜作一书生”的志向，经历过失败与低谷，最终成就了慷慨人生。本书主要以人物活动为主，勾画出一个真正的“民族魂”鲜活的人生，会带给读者振奋的力量。

《宁死不辱战士名——狼牙山五壮士》

1941年日寇在河北易县“扫荡”。为掩护群众和主力部队撤退，五位八路军战士毅然把敌人引上了狼牙山棋盘坨峰顶绝路。弹尽粮绝、无路可退，五位英雄纵身跳下了万丈悬崖，用生命和鲜血谱写出一曲惊天地泣鬼神的壮举。

《太行浩气传千古——抗日名将左权》

左权，中国工农红军和八路军高级指挥员，著名军事家。是八路军在抗日战场上牺牲的最高指挥员。名将阵亡，太行山为之垂首，全党为之悲痛。周恩来称他“足以为党之模范”，朱德赞誉他是“中国军事界不可多得的人才”。

《虎将兴关外　抗倭统雄师——抗联英雄赵尚志》

本书描写了久经考验的共产党员、东北抗联的创建者和主要领导人赵尚志，在艰苦卓绝的条件下，坚持抗战，威震敌胆，战功卓著，忍辱负重，忠贞不屈，为国捐躯的英雄故事，为青少年读者呈上一部爱国主义的佳作。

《黄埔之英　民族之雄——抗日名将戴安澜》

抗日名将戴安澜，先后参加保定、漕河、台儿庄、武汉、昆仑关等战役，作战英勇，屡建奇功；入缅作战，“扬威国外，藉伸正义”；守东瓜，复棠吉；殒身缅北，遗恨丛林，马革裹尸，成就了光辉的一生。

《爱国志士　民主先锋——新闻出版家邹韬奋》

本书讲述了邹韬奋献身新闻出版事业的奋斗历程，展现了一位新闻工作者坚定的革命信念和炽热的爱国主义精神，全心全意为人民服务、为读者服务的奉献精神，歌颂了他的高尚情操和优良品质。

《为抗战发出怒吼——人民音乐家冼星海》

人民音乐家冼星海，青年时期在巴黎求学，饱尝屈辱与磨难；学成后毅然回到多灾多难的祖国，用满腔热忱谱写激昂的音乐，鼓舞中华儿女的斗志；奔赴延安，谱写出不朽的名作《黄河大合唱》，发出中华民族抗日救亡的怒吼。

《全民皆兵　抗击日寇——抗日战争的故事》

中国人民进行的十四年抗战，是一百多年来中国人民反对外敌入侵第一次取得完全胜利的民族解放战争。这场战争是以国共两党合作为基础，有社会各界、各族人民、各民主党派、抗日团体、社会各阶层爱国人士和海外侨胞广泛参加的全民族抗战。

《捧着一颗心来　不带半根草去——人民教育家陶行知》

陶行知是我国现代教育史上伟大的人民教育家、教育思想家。他从青年起就立志献身教育事业，以“捧着一颗心来，不带半根草去”的赤子之心，为人民的教育事业鞠躬尽瘁。

《为民主与和平拍案而起——民主斗士闻一多》

闻一多早年与梁实秋等人发起成立清华文学社。赴美留学期间由对祖国的深深眷恋而创作著名的《七子之歌》。后在西南联大任教8年，积极投身于抗日运动和争取民主的斗争，发表了著名的《最后一次讲演》。

《铁窗难锁钢铁心——革命先烈王若飞》

王若飞是我党早期杰出的无产阶级革命家。在艰苦卓绝的斗争中，他出生入死，屡建奇功，以超人的睿智和胆略，在敌人的监狱中，同敌人展开了殊死的较量，为抗战的胜利和新中国的诞生做出了卓越的贡献。

《横扫千军　还我河山——抗联名将李兆麟》

李兆麟是东北抗日联军创建人之一，他率领抗日联军历尽千难万险与日本侵略者浴血奋战，在极其艰苦的条件下，保存了抗日联军的有生力量，为东北光复做出了重大贡献。

《锄头开出新天地——解放区大生产运动》

为了解决困难，渡过难关，党中央号召党政军民齐动手，开展大生产运动。中国共产党在其控制区域内发动的一场军队屯田和鼓励生产的群众运动，达到了自己动手丰衣足食，共度难关，既进行革命又进行生产自足的目的。

《生的伟大　死的光荣——女英雄刘胡兰》

刘胡兰，坚贞不屈的少年女英雄。生前对我国劳动人民的解放事业无限忠诚，在敌人威胁面前，大义凛然，毫无惧色，英勇牺牲，表现了共产党员的高贵品质。

《饿死不领美国救济粮——爱国知识分子的楷模朱自清》

朱自清作为爱国知识分子的典型，以锐利的笔锋直言痛斥反动政府的暴行，体现了他崇高的爱国情怀和不畏恶势力的精神品格。毛泽东曾给朱自清先生以高度评价："一身重病，宁可饿死，不领美国的'救济粮'"，"表现了我们民族的英雄气概"。

《为了新中国前进——舍身炸碉堡的董存瑞》

伟大的英雄，中国人民的儿子董存瑞，从儿童团长成长为一名光荣的解放军战士，在1948年解放隆化县城时，舍身炸碉堡，为新中国献出了自己年轻的生命。他的英雄形象永远留在人民心里。

《宁死不屈的共产党员——革命烈士江竹筠》

江竹筠，就是著名的江姐。1947年春，她负责《挺进报》工作，只几个月的时间，报纸就发行到1600多份，引起了敌人的极大恐慌。由丁叛徒出卖，江姐不幸被捕，惨遭毒刑的残酷折磨，仍坚贞不屈。最后被特务秘密枪杀，年仅29岁。

《抗美援朝　保家卫国——志愿军的战斗故事》

抗美援朝战争是中国人民志愿军为援助朝鲜人民、保卫祖国安全，与美国为首的"联合国军"发生的战争。在朝鲜牺牲的志愿军烈士们，他们英勇的战斗事迹、保家卫国的精神值得我们发扬光大。

《上甘岭上壮烈歌——黄继光和他的战友们》

在1952年10月的上甘岭战役中，黄继光和他的战友们在零号阵地半山腰被敌机枪火力点压制，此时，黄继光身上已经多处负伤，手雷也已全部用光。为了完成任务，减少战友的伤亡，他用自己的胸膛堵住正在扫射的敌机枪射孔，为反击部队扫清了前进的道路。

《诗书印画　全入神品——国画大师齐白石》

齐白石出身贫寒，做过农活，当过木匠，后改学雕花木工，从民间画工入手，摹古人真迹，学诗文书法，融汇古今，而诗、书、印、画俱佳；他将中国画的精神与时代的精神统一得完美无瑕，使中国画得到国际的重视，无愧于“国画大师”的称号。

《毕生为文化而奋斗——中国第一出版家张元济》

张元济参与、主持和督导商务印书馆近六十年，使其从简单的印刷企业转变为当时中国教育出版的旗帜。张元济一生爱书，在中华大地动荡不安的年代里，他用自己对文化的热爱，续存着中华民族灿烂悠久的文明之光。

《独树一帜　梨园大师——著名京剧表演艺术家梅兰芳》

梅兰芳，京剧大师，演唱风格独树一帜，世称“梅派”。曾先后赴日本、美国、苏联演出，并荣获美国波摩那学院和南加州大学的荣誉文学博士学位。作为一位爱国者，抗战期间蓄须明志，拒绝为日本人演出，为后世称颂。

《华侨旗帜　民族光辉——爱国侨领陈嘉庚》

陈嘉庚是著名的爱国华侨领袖、企业家、教育家、慈善家、社会活动家。他为辛亥革命、民族教育、抗日战争、解放战争、新中国的建设做出了卓越的贡献。生前被毛泽东誉为“华侨旗帜、民族光辉”。

《向雷锋同志学习——伟大的共产主义战士雷锋》

雷锋，一个平凡而伟大的共产主义战士，一心向着党，一生秉承着全心全意为人民服务、无私奉献的崇高思想；发扬刻苦学习和钻研理论的“钉子”精神；坚持勤俭节约、艰苦奋斗的优良作风。毛泽东为其题词：“向雷锋同志学习。”

《人民的好公仆——县委书记的好榜样焦裕禄》

焦裕禄，被誉为县委书记的好榜样。他用自己的革命精神，展开了与大自然、与社会落后现象、与病魔的多重抗争，让我们领略到一个共产党人的生之伟大、死之壮美的人格品质和具有现实教育意义的精神魅力。

《文学巨匠　京味大师——人民作家老舍》

老舍是我国现代小说家、文学家、戏剧家。他用融入骨髓的真诚文字反映生活的喜怒哀乐。老舍的一生，总是在忘我地工作，他是文艺界当之无愧的“劳动模范”，生前被北京市人民政府授予“人民艺术家”的称号。

《革命老人——无产阶级教育家徐特立》

徐特立是一代伟人毛泽东的老师。他出生在贫苦家庭，大部分时间生活在动荡艰苦的年代；他刻苦勤奋，不畏艰辛，追求光明，一生勤俭，为革命培养了大量的人才；他对党和人民任劳任怨，鞠躬尽瘁。他坎坷奋斗的一生，留下了许多可歌可泣的故事。

《人生能有几回搏——新中国第一个世界冠军容国团》

容国团先后担任中国乒乓球队运动员、女队主教练。获得1959年男子单打世界冠军；1961年夺得男子团体世界冠军；作为中国女队主教练，1965年率女队第一次夺得女子团体世界冠军。他的“人生能有几回搏”的豪言，举国传诵。

《石油工人一声吼　地球也要抖三抖——铁人王进喜》

王进喜，新中国第一批石油钻探工人。他为祖国石油工业的发展和社会主义建设立下了不朽的功勋，在创造了巨大物质财富的同时，还给我们留下了宝贵的精神财富——铁人精神。他被评为“百年中国十大人物”，写入中华民族的光辉史册。

《做人民需要我做的事——著名地质学家李四光》

李四光是一位伟大的科学家，他一生从事地质学研究工作，足迹遍布祖国的山川，为祖国探明了许多地下宝藏；他创建了崭新的学说——地质力学；他历尽重重困难，为正确认识地质构造开辟了一条新路。

《中国化学工业的先驱——著名化学家侯德榜》

为摆脱纯碱需要进口的窘况，20世纪初，怀着“实业救国”梦想的中国化工先驱侯德榜等人创办了永利碱厂，并立志生产出中国人自己的碱。1926年，永利碱厂终于成功地生产出“红三角”牌纯碱，从此中国制碱业得以跨入世界先进行列。

《毕生求是　一丝不苟——著名科学家竺可桢》

著名科学家竺可桢献身科学研究；治学严谨，一丝不苟；一生廉洁，两袖清风；作风民主，爱护学生。他以爱国之心、报国之志，从一个民主主义者逐渐成长为一个共产主义战士。

《热爱自然的大地之子——著名植物学家蔡希陶》

蔡希陶，五十载风雨，五十载坎坷，五十载奋斗，五十载开拓，为了发现对人类生产、生活有用的植物及新物种的引进而做出巨大贡献，在中国的植物资源学史上将永远镌刻着他的名字。

《高洁无私的襟怀——知识分子的楷模蒋筑英》

蒋筑英是中国当代知识分子的先锋典范，他不为名，不为利，尊重科学；他以坚忍的毅力和顽强的作风，在科学的道路上呕心沥血，鞠躬尽瘁，无私地奉献了青春和生命。

《迎接新生命的天使——卓越的妇产科专家林巧稚》

林巧稚是国内外享有盛誉的妇产科专家。在五十多年的医学教育和临床实践中，林巧稚亲自接生了五万多婴儿，治愈了数千病人，培养了数以百计的专门人才，为我国的妇女儿童事业做出了不可磨灭的贡献。

《独自成千古　悠然寄一丘——国画大师张大千》

张大千是20世纪中国画坛最具传奇色彩的国画大师，无论是绘画、书法、篆刻、诗词无所不通。在艺术界深得敬仰和追捧，艺术家们用真挚的感情，用绘画和雕塑展现了“张大千”多彩的艺术形象。

《建造中国的通天塔——著名数学家华罗庚》

中国当代著名数学家华罗庚，为中国数学的发展做出了无与伦比的贡献，他是中国解析数论、典型群、矩阵几何等多方面研究的创始人与开拓者，也是我国最早将数学理论研究与生产实践紧密结合的科学家。

《问鼎长天　强我国威——两弹元勋邓稼先》

邓稼先是我国著名科学家，参加组织和领导我国核武器的研究、设计工作，从对原子弹、氢弹原理的突破和试验成功及其武器化，到新的核武器的重大原理突破和研制试验，作出了重大贡献。是我国核武器理论研究工作的奠基者之一，被誉为“两弹元勋”。

《敢叫天堑变通途——桥梁专家茅以升》

中国著名的桥梁专家茅以升从小立志为祖国建造桥梁，经过不懈努力，他不仅设计建造了一座座宏伟壮观、坚固实用的道路桥梁，而且搭建了一座座友谊之桥，为祖国建设作出了卓越贡献。

《蘑菇云之梦——核物理学家钱三强》

被誉为“中国原子弹之父”的核物理学家钱三强，更名后立志于科技报国；24岁投师于世界著名核物理学家居里夫妇；与夫人何泽慧合作，发现铀的“三分裂”“四分裂”现象；统领我国的原子大军，做了大量创造性工作。

《两离桑梓地　满怀雪域情——领导干部的楷模孔繁森》

孔繁森，是一位一尘不染、两袖清风的好干部。两次进藏工作，历时十载，为西藏的建设、发展和稳定作出了突出的贡献。1994年11月，孔繁森不幸以身殉职。人民群众称他为新时期领导干部的楷模。

《摘取数学皇冠上的明珠——著名数学家陈景润》

陈景润是享誉世界的数学家，为了证明“哥德巴赫猜想”，他以惊人的毅力在数学领域里艰苦跋涉，终于攻克了世界著名数学难题“哥德巴赫猜想”中的“1+2”，创造了中国乃至世界数学史上的辉煌。

《学术独步　饮誉四海——享有国际威望的科学家卢嘉锡》

卢嘉锡是一位在国际科学界享有崇高威望的物理化学家、化学教育家和科技组织领导者。1945年，卢嘉锡满怀“科学救国”的热忱回到祖国，对中国原子簇化学的发展起了重要推动作用，他所指导的新技术晶体材料科学研究，也取得了重大成绩。

《德艺双馨　梨园楷模——著名豫剧表演艺术家常香玉》

常香玉1941年赴陕甘演出。1948年在西安创办香玉剧社。1951年为支援抗美援朝，率剧社巡回西北、中南、华南各地演出，以演出收入捐献“香玉剧社号”战斗机一架，素有“爱国艺人”之誉。

《文学大师　激流勇进——著名作家巴金》

本书以巴金生平和主要事迹为线索，回顾和展示现代著名作家巴金的一生，以期让人们看到巴金在这风云变幻的100多年中，有过成功的欢欣，有过屈辱的磨难，有过痛苦的忏悔，有过平静的安宁。巴金的人生，映照着一代中国五四知识分子坎坷而不平凡的命运。

《壮心系科学　孜孜为国昌——理论化学家唐敖庆》

本书讲述了唐敖庆从出国求学、学业有成、回国任教，到服从安排、艰苦工作、刻苦钻研，最终成为中国量子化学奠基者的过程。让人们看到了这位著名化学家的赤心爱国、严谨治学、大公无私的崇高品格和科研上的卓越成就。

《中国导弹之父——著名科学家钱学森》

当第一颗原子弹升空的时候，当中国的人造卫星奏响《东方红》的时候，当中国运载火箭腾空而起的时候，当中国研制的导弹准确命中目标的时候，人们都会想起他的名字：中国导弹之父钱学森。

《中国近代力学的奠基人——著名科学家钱伟长》

钱伟长曾以中文和历史两个100分的成绩考入清华大学。九一八事变后，钱伟长毅然放弃了文科的学习而转为理科。他是中国近代力学、应用数学的奠基人之一，在固体力学、流体力学以及航空航天领域，取得了卓越的成就，为新中国的现代化建设付出了毕生的精力。

《中国光学科学的奠基人——著名科学家王大珩》

王大珩是我国著名的科学家，中国光学科学的奠基人。他先在清华就读，后赴英国求学，学业有成，立志科学救国，其成就享誉神州。他以科学的求是精神和赤诚的爱国情怀，探索着中国光学发展的闪光之路。